俺を好きなのはお前だけかよ⑰
orewo
sukinanoha
omaedake
kayo
駱駝《らくだ》
illustration ブリキ

contents

デザイン●伸童舎

!?!!　?!?!?　?!?!?!　!??
まて、待ってくれ。こりゃどういうことだ？
さすがにうろたえずにはいられない状況だ！
キセキか？　キセキが起きちまってるのか？
リアリティのない、現実だ。信じられねぇ！
ブッ飛んだ事態ってのは、こういうことだ！
うかれるなってほうが、無理ってもんだよ！
とうとつに、カラーが飛び出してきたんだ！
が、しかしだ。その前にやるべきことがある
りちぎに言わずにはいられない！　いくぜ！
あ　り　が　と　う　ブ　リ　キ　さ　ま！

バイバイ『俺好き』ワールド

17
orewo
sukinanoha
omaedake
kayo
俺を好きなのは
お前だけ
かよ
駱駝《らくだ》
illustration
ブリキ

僕と俺の去年の地区大会決勝戦

第一章

いよいよ、明日から新学期！　昨日まで高校一年生だった僕が、高校二年生になる。

今年はいったいどんな一年になるんだろう？　考えるだけで、ワクワクしちゃうよ！

あっ！　いけない！　みんなに、僕の自己紹介をしてなかったね！

僕の名前は如月雨露《きさらぎあまつゆ》。通称『ジョーロ』。

僕の名前から「月」を取ると「如雨露《じょうろ》」になるんだ。だからジョーロ。単純な話でしょ？

容姿並。成績並。運動並。

ちょっと珍しいあだ名以外、これといった特徴のないどこにでもいる平凡な高校生さ。


なぁ～んて、……いちいち心の中まで自分を偽らなくていいかぁ！


俺の名前は如月雨露《きさらぎあまつゆ》！　通称『ジョーロ』だ！

俺の名前から「月」を取ると「如雨露《じょうろ》」になる。だからジョーロ。単純な話だろ？

容姿中の上（自称）。成績並。運動中の上（多分）。

日々、鈍感純情ＢＯＹを演じて素敵なハーレムラブコメライフを目論《もくろ》むナイスガイだぜ！

……え？　自分を偽ってまで、女の子と仲良くなろうとするなんてクズ野郎だって？

重々承知しちゃってまぁ～す！　俺、クズでぇ～す！

およよ？　なんですかい？　素直な自分でちゃんとぶつかってけって？

君達は、何を言っているんだい？　言っとくけど、世の中ってのはそんなに甘くないよ？

本当の自分をさらけ出して男子高校生が女の子と仲良くなるには、何か打ち込んでいるものがあるか、吉沢亮《よしざわりょう》クラスの顔面が必要なわけ。

しかし、俺は勉強が得意なわけでも、スポーツが得意なわけでも、将来に夢があるわけでも、部活に打ち込んでるわけでもない、向上心皆無のどうしようもないナイスガイだ。

加えて顔面も、吉沢亮《よしざわりょう》君と比較したらクレーター。メテオ落下後である。

もはや、この時点で詰んでるのは分かるよね？

言っておくが、一般的な高校生活において、偶然にも美少女と出会ってその子の悩みを解決して恋されちゃうなんてことはまず起きないからな？

偶然に期待する受動的な奴《やつ》に、恋愛のチャンスなんて訪れねぇんだ。

つうわけで、顔面ノーマル、特技なし、打ち込むものなしの俺が、高校生活で能動的にラブコメをするために編み出したのが、自分を偽って鈍感純情ＢＯＹを演じるというものだ！

さぁ、自分から動く勇気もない根性なし共よ、覚悟はいいか？

今から、俺の華麗なるラブコメ道を見せてやるよ！　ウケケケケ！

…………………

…………

……

なんて、バカなことを考えていた時期が私にはあったわけですわ……。

これは、自分もラブコメ主人公になれると信じてやまない、どこぞのバカの運命が大きく変わった日の物語。

この日を起点として、俺の……いや、俺達の運命は大きく歪《ゆが》んじまったわけだ……。

※

――高校一年　夏休み。

「ひまわり、ほら、急いで！　早くしないと、試合に遅れちゃうよ！」

朝、住宅街を少し急ぎ足で歩きながら、俺は隣を歩く少女に声をかける。

もちろん、本来の『俺』ではなく、偽物《にせもの》の『僕』で。

「うぅ～……。まだ眠いよぉ～……。そんなに、急がなくても間に合うよぅ……」

寝ぼけ眼をこすりながら、俺と一緒に球場へ向かうのは幼馴染《おさななじみ》の日向葵《ひなたあおい》。通称『ひまわり』。

あだ名の由来は、フルネームを並び替えると『向日葵《ひまわり》』になるから。

年不相応な頭脳と外見をしているが、かなりの美少女。クラスの人気者だ。

「なに言ってるんだよ！　もし、電車が止まっていたらどうするのさ？　その場合も考えて、少し早めに出発したんだから！　ほら、急ぐ急ぐ」

今日は、高校野球地区大会の決勝戦。

対戦カードは、唐菖蒲《とうしょうぶ》高校と西木蔦《にしきづた》高校。

唐菖蒲《とうしょうぶ》は甲子園常連の野球名門校。中学時代に注目を集めた選手を、他県からも推薦という形で集めて構成されている強豪チームだ。

それに対して、俺の通う西木蔦《にしきづた》高校は甲子園出場の経験もなく、地区大会準々決勝が過去最高記録の中途半端《ちゅうとはんぱ》なチーム。

しかーし！　今年にかぎっては、そうではない！

なぜなら、俺の親友の大賀太陽《おおがたいよう》……通称『サンちゃん』がいるからだ！

サンちゃんはマジですげぇんだ！　勉強はちょっと……いや、大分苦手だが、その分運動神経は超絶抜群。まだ高校一年生なのに、野球部のエースで四番を任されるくらいだぜ？

投げる球は剛速球。その豪腕で猛打者達を薙《な》ぎ払《はら》い……今までどれだけ頑張っても準々決勝が限界だった西木蔦《にしきづた》高校を地区大会の決勝戦にまで導いたんだ！

あと一勝すれば甲子園。……高校球児の夢、甲子園に出場できる！

これを親友の俺が応援しねぇで、誰が応援するんだって話だよな！

「少しじゃないよぅ……。すごくだよぅ……。むにゅ……」

何を言っている？　集合時間のほんの二時間前に到着できるよう、朝の五時に起きて準備を整えただけだろうに。やはり、この幼馴染《おさななじみ》は少しばかし頭が悪いようだな。

どれ、仕方がない。まだ時間には余裕があるし、ひまわりの目を覚ます秘策を使うか。

「ちゃんと起きたら、あまおうクリームパン、買ってあげるのになぁ～」

「……んあっ！　あまおうクリームパン！　食べたい！　ジョーロ、買ってくれるの⁉」

ほい、秘策は大成功。まったく、現金な奴《やつ》だ。……ちなみに、あまおうクリームパンとは、ちょっとお高いが巷《ちまた》で大人気のクリームパンで、見ての通りひまわりの大好物だ。

普段はその人気からあっという間に売り切れになり、購入のチャンスに恵まれないのだが、今日に関しては……

「いいよ。ちょうど今は六時で、コンビニにパンが入荷されてる頃だからね」

「やったぁ！　ありがとっ！　ジョーロ、大好き！」

んもぉ～う！　まったく、この天然系ビッチさんはすぐ喜びを体で表現するんだからぁ～！

突然、抱き着いてきちゃったじゃないですかぁ！

常識的に考えて、何とも思ってない男に抱き着いたりはしないよな？

つまり、ひまわりはすでに……クックック。やはり、日々の努力は実るものだな！

間違いなく、この幼馴染《おさななじみ》は俺に惚《ほ》れている！

「はいはい、どういたしまして。ほら、早くコンビニに行くよ」

「うん！　レッツ・ダッシュだね！」

ま、常識的に考えて、美少女幼馴染《おさななじみ》は冴《さ》えない主人公に好意を抱くものだしな！

はっはっは！　我がハーレムの一員として、今後の活躍に期待しているぞ！

※

「ん〜！　やっぱり、あまおうクリームパンは、あまあまでフワフワだね！」

「そうだね。……っていうか、それで何個目？」

「まだ七個目！　残りは、きゅーじょーで食べる！」

まだ？　まだと申すか？

購入直後に二個。電車の待ち時間で一個。下車したところで二個。移動中に一個。そして、現在地……球場北口に到着で一個というひまわりのあまおうクリームパンコースである。

いくら大好物だからって、食いすぎだろ……。俺は二個でリタイアしたぞ。

まぁ、しっかりと目を覚まして、無事に予定通り七時に到着できたからいいだろう。

えっと、西木蔦《にしきづた》高校の集合時間は九時だから……まだ余裕があるな！

ほんじゃま、さっさと集合場所に向かうと……あれ？

「今日は地区大会の決勝戦……。沢山の人が来る。つまり、大儲《おおもう》け間違いなしかな。……なんとか、なんとか利益を出さないと……」

ゲートから少し離れたところに、すげぇ鬼気迫った表情で屋台の準備をする奴《やつ》がいるな。

年は俺とそう変わらなそうだが、色々と苦労してそうだ。

「父さんの夢を終わらせるわけにはいかない……。ボクが絶対に助けてみせるかな……」

正直、あんだけ鬼気迫った表情をされたら、逆に買いづらいとは思うのだが、赤の他人の俺がいちいちアドバイスをする必要はないだろう。

悪いが、自分で何とかしてくれ！　グッバイ、何かの屋台の店員さん！

「よし。ひまわり、集合場所に行こうか」

「うん！　そだね！　きっと、わたし達が一番乗りだよ！」

「おや？　君達は、……一年生の如月君《きさらぎ》と日向《ひなた》さんだね。こんなに早い時間から来るなんて、少し驚いたよ」

「えぇぇぇ!!　わたし達が一番じゃないの!?」

球場北口の集合場所に到着すると同時に響く、ひまわりの声。

正直、俺も同じ気持ちだ。まさか、俺達よりも先に来ている生徒がいるとは……。

「ふふっ。申し訳ないが、生徒会副会長としてここは譲れないね」

驚く俺達を見ながら、余裕のある大人びた笑みを見せる女子生徒。正直、かなりの美人だ
――と、さも初めて見るように語ってみたが、この人が誰かを俺は知っている。

「むーっ！　最初に会ったら、まずはじこしょーかいなの！」

君もしてないからね。自己紹介。……ったく、ひまわりの奴《やつ》。自分が一番乗りじゃなくて悔しいのは分かるが、全力で自分を棚に上げて文句を言うなっての。

「あっ！　言われてみれば、その通りだ！　す、すまない！」

ひまわりの棚上げ文句を真に受けて、すぐさま謝罪。……真面目過ぎやしないか？

「私は、秋野《あきの》桜《さくら》。二年生で生徒会の副会長を務めている者だ」

謝罪の直後、綺麗《きれい》な笑顔で自己紹介をする秋野《あきの》副会長。

凹凸がハッキリとした整ったスタイルに、泣きぼくろが良く似合う色気のある整った顔立ち。制服を着ていなければ、大学生と間違えられてもおかしくない大人びた容姿が特徴的な人だ。

これだけの美貌だけでも十分にすごいというのに、加えて学力がすさまじく高い。

入学して以来、常に学年一位の座をキープしつつ、全国模試でも上位に名前を連ねているくらいだからな。とまぁ、それはさておき……

「わたし、ひまわり！　一年生のテニス部！　むーっ！」

なんというか、ひまわりがここまで敵対心を露《あら》わにするのは珍しいな……。

普段は誰とでも仲良くするというのに、なぜ秋野《あきの》副会長にだけ……。

「なるほど……。『日向葵《ひなたあおい》』だから並び替えて『向日葵《ひまわり》』か。なら、私のことは『秋野《あきの》桜《さくら》』から、『野』をとって、『秋桜《コスモス》』と呼んでくれると嬉《うれ》しいよ、ひまわりさん」

「分かったもん、コスモスさん！」

あ、そこはちゃんと呼ぶんだね。

だが、何やら厳戒態勢にでも入っているのか、すぐさま俺の背中に隠れた。

ちなみに、俺がこの人のことを知っているのは、別に秋野《あきの》副会長……いや、コスモスが生徒会の副会長を務めているうえに美人で勉強ができるからじゃない。

実はさ……、俺って昔、一度だけコスモスと会ったことがあるんだよ。

二年前に起きた……秋野《あきの》桜《さくら》が、『コスモス』になった小さな事件。

ただ、あの時に俺は自分の名前すら伝えてなかったし、もう二年も前のことだ。

きっと、俺のことなんて覚えてないよな……。だから、それはまた別の話ってやつだ。

……って、考えるのが普通のラブコメ主人公だけど、俺は違うよぉ～ん！

詳細は省くが、大分インパクトのある事件だったんだ！

俺が覚えていて、頭の良《い》いコスモスが覚えていないはずがない！

二年前に偶然出会った二人が再会する。……なんて、素敵なラブコメディでしょう！

もちろん、確信はないから黙ってるけどね！

「えっと、僕は一年の如月雨露《きさらぎあまつゆ》です、秋野《あきの》副会長」

「うん、君のことはよく知っているよ、如月《きさらぎ》……いや、ジョーロ君」

「え⁉　どうして、僕のあだ名を？」

「ふふっ……。君は一年生の中でも友人が多いことで有名だからね。……あ、できれば君にも『コスモス』と呼んでもらえると嬉《うれ》しいな」

「そ、そうですか……。分かりました、コスモス副会長！」

それきた、やっほい！　聞きました？　俺のことを『よく知っている』ですってよ！

これはつまり、コスモスも二年前のことを覚えている可能性が……ウヒヒヒ！

こいつは、新たなるハーレム要員として、期待ができそうではないか！

「むー！　ジョーロ、ゆだんたいてきだよ！　ニコニコしないの！」

ひまわり、俺の背中でコスモスを威嚇し続けるのはやめてくれんか？

「どうしたんだよ、ひまわり？　普段、こんなことは……」

「なんだか、しょーらいてきにすっごいライバルになりそうな気がするの！　むー！」

んもぉ～う！　それで威嚇してると思ってましたよぉ！

分かるぜ、ひまわり。てめぇの予感ってのは、将来的にコスモス会長が俺とキャッキャウフフなラブコメを始めそうな予感がするから、自分にとっては厄介だという意味だろう？

もはや、今日からコスモスに純情偶然系アタックをかましちゃっていいんじゃないのぉ～？

※

一時間三十分後……。まだ集合時間の三十分前だが、徐々に増え始める西木蔦《にしきづた》校生。

加えて、野球部のメンバーは一人を除いて全員がすでに集まっている。

「屈木《くつき》！　今日は頑張ってくれよ！」

「うむ！　何としても勝利して、甲子園に行ってみせるぞ！　はっはっは！」

「樋口《ひぐち》君、応援してるからね！　あ、これ、差し入れだよ！」

「ああ……。ありがとな」

やってきた生徒達は野球部の周囲に集まり、応援や差し入れを届けている。

さすが、今日の主役なだけあるな。大人気じゃねぇか。

「すみません、芝《しば》君！　少々、今日のことで取材させてもらってもいいですか？　一年生でレギュラーになった貴方《あなた》の話を是非聞かせていただきたいです！」

「俺の話？　別に話すことなんてないよ。そういうのは、ここまで導いてくれた大エース様の大賀《おおが》にでも聞くんだな」

「何を言うんです！　そのサンちゃんの球を捕り続けているのは、小学生の頃からバッテリーを組んでいる芝《しば》君ではないですか！　ですから、貴方《あなた》の話も聞きたいです！」

棘《とげ》のある言葉を放つ態度の悪い男は、野球部の正捕手の芝《しば》。

そんな芝《しば》の態度を気にした様子もなく、元気にトレードマークのポニーテールを揺らしながら取材をする少女は羽立桧菜《はねたちひな》。通称『あすなろ』。

俺と同じクラスで、素朴な笑顔が可愛《かわい》らしい敏腕新聞部員だ。通称の由来は、苗字《みようじ》を縦にくっつけて、名前の『桧《ひのき》』を加えると『翌桧《あすなろ》』になるから。うちの学校って、なんか知らんけど花とか木のあだ名の奴《やつ》が多いんだよな。不思議なこともあるもんだ。

「ちっ……。分かったよ。それで、何を聞きたいんだ？」

「そうですね！　では、芝《しば》君の女性の好みについて、教えていただきましょう！」

「今日の試合と全然関係ないじゃないか！」

「ふふっ！　冗談ですよ！　ですが、少しくらい緊張はほぐれましたか？」

「……あ。そ、そうだな……。ありがとう、羽立《はねたち》」

「いえいえ、どういたしまして！　では、本当の取材ですがね――」

ところで、野球部の部員はほぼ全員集まったのだが……肝心のサンちゃんはどうした？

いつも試合の時は、誰よりも最初に来るはずなのに、今日に限って……。

「ジョーロ、サンちゃんどうしたんだろ？　いつもなら、絶対最初に……」

ひまわりもそれが気になっているのか、俺の隣で心配そうな声を漏らしている。

そうだな……。もし、何か妙な事件に巻き込まれてるとかだったら……。

「みんな、待たせたな！　悪い、ちょっと寄り道してたら遅れちまったよ！」

とそこで、ひときわ大きな熱血ボイスを響かせるのは、今日の主役ともいうべき男。

大賀《おおが》太陽《たいよう》……サンちゃんだ！

「サンちゃん、待ってたよ！　今日は――」

「サンちゃん、きたぁ！　今日、頑張ってね！　わたし、おーえんするよ！」

「大賀《おおが》君、待っていたよ！　今日は君の力で、是非西木蔦《にしきづた》高校を甲子園に導いてくれ！」

ゴルァァァァ！　ひまわり、コスモス！

親友の俺をさしおいて、サンちゃんに声をかけるとはどういうことだ⁉

「ありがとな、ひまわり！　……それに、秋野《あきの》副会長もありがとうございます！」

「えへへ！　どーいたしまして！」

「ふふっ。このくらい、副会長として当然さ」

サンちゃんの熱血笑顔に、天真爛漫《てんしんらんまん》な笑顔と大人びた笑顔で返すひまわりとコスモス。

いや、いいんだけどさ……。くそぅ、俺が最初にサンちゃんに声をかけたかった……。

ところでさ、一つ気になってることがあるんだけど……、

「うぅ……。大賀《おおが》、すまん。手を煩わせた……」

「気にしないで大丈夫っすよ、庄本《しょうもと》先生！」

なぜ、サンちゃんの隣には、いつもは生活指導で厳しい体育教師の庄本《しょうもと》先生……ウータン

がいるのだろう？　あ、ちなみに『ウータン』の理由は、オランウータンに似てるからな。

いちいち、中年男性教師にこれ以上の尺は割かないぞ。

「サンちゃん、どうして庄本《しょうもと》先生は……」

「お、ジョーロか！　南口で、たまたま慌ててる庄本《しょうもと》先生と会ってな！　何かあったと思ったら、道に迷っていたらしい！」

「うっ！　大賀《おおが》、あまり大きな声で言わないでもらえると……」

まさか、教師が迷子になって生徒に助けられるとはな……。

が、これ以上追及しなくていいだろう。それより、気になるのは……

「サンちゃん、なんで南口に？　駅からだと、集合場所の北口が一番近いけど……」

「ああ！　ま、少しだけ遠回りをしたい気分でな！」

「……そっか」

いつも通りの笑顔のように見えるが、付き合いの長い俺には分かる。

サンちゃんは、緊張しているんだ。そんな状態で、西木蔦《にしきづた》のみんなの前に行きたくなかったから、その緊張を収めるためにわざわざ遠回りをして……。

「へへっ！　ジョーロ、今日は楽しみにしてろよ！　俺の剛速球を唐菖蒲《とうしょうぶ》の連中にお見舞いして、三振の山を築いてやるからな！」

サンちゃんは、いじっぱりな性格だ。緊張をほぐそうとして妙なことを言っちまうと、逆に緊張しちまう。だったら、俺がするべきことは……

「うん。サンちゃんなら、きっとできるよ。……頑張ってね！」

素直に応援をすることだけだよな。

「おう！　俺は誰にも負けるつもりはないぜ！　誰にもな！」

「もちろんだよ！」

……結局、この時の俺は、サンちゃんの本心を分かったつもりになっていただけで、本当は何も分かってなかったんだよな。

サンちゃんが、俺に対して言った『誰にも負けるつもりはない』という言葉。

この言葉の本当の意味を俺が知るのは……、まだ当分先の話だ。

※

サンちゃんを含む野球部のメンバーは選手控室へ向かったので、俺達一般生徒は応援席である一塁側スタンドへ。試合開始まで、あと三十分。なんか、俺まで緊張してきた……。

「ジョーロ、もうすぐ始まるね！　楽しみだね！　サンちゃんなら勝てるよね！」

俺の右隣に座るひまわりが、アホ毛をピコピコと揺らしながら天真爛漫《てんしんらんまん》な笑顔を浮かべる。

「前評判では、唐菖蒲《とうしょうぶ》高校が勝つと予想している人が多かったが、試合は始まってみないと分からない。大賀《おおが》君ならきっと勝てるはずだ」

さらに、そんなひまわりの奥には、副会長のコスモス。

応援席の席順は集合場所に来た順なので、誰よりも先に来たコスモスや俺、それにひまわりは最前列の一番いい座席を確保している。

ちなみに、俺の左隣に誰が座っているかという話だが……

「ったく、なんで折角の夏休みに、わざわざこんな暑い場所に……」

うちのクラスのヒエラルキーでトップに君臨する、カリスマ群A子さんが座っていたりする。

ビジュアルは、一言でいうとギャル。二言で言うと、めっちゃギャル。

野球場にいると違和感しかない、恐ろしいまでに化粧の濃い人である。

「あ～。マジでめんどくさ……。さっさと試合始まってよね」

こんなことを言っているが、最前列に座っているということは……つまり、そういうことなのである。怒らせるとめっちゃ怖いけど、基本は優しいんだよな、A子さんって。

「あはは！　そんな文句を言いながら、今までだってちゃんと応援してたじゃん！」

「ほんと、素直じゃないよね！　ほんとは、気になって仕方ないくせに！」

「ねぇ～。本当に文句が言いたいのは、早起きに付き合わされた私達だよ～」

「ヤだねったら、ヤだね」

A子さんの隣に座る、カリスマ群B子さん、C子さん、D子さん、E子さんからからかい交じりの声。……約一名、やけに流行を後どりしているが……まぁ、気にしないでおこう。

「うっさい！　余計なこと言わないでよ！」

顔を真っ赤にして怒るA子さんは、ビジュアルはあれだけど少し可愛《かわい》かったりする。

……おっと、勘違いはするなよ？　別に俺は、A子さんを我がラブコメ道に加えようとはしていない。あたりかまわず、様々な女の子に手を出しているわけではないのだ。

厳選に厳選を重ねて、ヒロインを選出している。

A子さんは、敵に回すと『カリスマ群の一斉攻撃』という非常に恐ろしいスキルを所持している人だ。つまり、嫌われたら確実に学校内での立場を失う。

カリスマ群には逆らうな。これが、我がクラスの共通認識で——

「……ちょっと、あんた。さっきから、何ジロジロ見てるわけ？」

「え！　い、いや、別にそんなつもりは……」

いや、そりゃチラッとは見てたけどさ！　あくまで許容範囲内の行為じゃ……

「別に、あんたに聞かせるために話してるんじゃないんですけど？」

「もちろん、分かってるよ！　ただ、隣に座ってるから、多少は……」

「はぁ～？　なら、盗み聞きしてたってわけ？　きも……」

因縁のつけ方がえぐいよ。

と、言いたくて仕方ないが、逆らうとどえらい目にあうのは目に見えているので……。

「ごめん……」

ここは、鈍感純情BOYらしく、素直に謝っておこう。

下手な波風は立てない。俺の処世術の一つだ。

「ま、いいけど。……ただ、詫《わ》びはしてもらおうかしら？」

「わ、詫《わ》び？」

俺がそう聞くと、A子さんを含めたカリスマ群の皆様が笑顔で俺をジッと見る。

そして、五人はそれぞれ順番に、

「あたし、コーラ！　あ、ただのコーラじゃなくて、カロリーゼロのやつね！」

「玉露入りの緑茶をよろしくぅ～！」

「ピーチオレンジサイダー味のカルピス、お願いね！」

「アイスコーヒー！　エメマンね！　他のは認めないから！」

「ミスターペッパーで！」

はい、そういうことですね。体よく、飲み物パシリに利用したかったと。

これもまた、ラブコメ主人公の宿命か……。

幸い、まだ試合開始まで時間に余裕はあるし……、行くとするか。

「あっ！　ジョーロ！」

「ん？　どうしたの、ひまわり？」

おっ。さすが、第一候補のヒロイン。もしかして、一緒に買いに——

「わたし、四《よ》ツ谷《や》サイダー！」

そんなこったろうと思ったよ！

ちなみに、コスモスがここでついてきてくれたりは……

「はやくサンちゃん出てこないかな！　プレイボール、待ち遠しいね、コスモスさん！」

「そうだね、ひまわりさん！　きっと唐菖蒲《とうしょうぶ》高校も、大賀《おおが》君の剛速球に驚くに違いないよ！」

君達、仲悪いんじゃなかったの？　なに、二人で仲良くウキウキしてるの？

ヒロインとしての自覚、なさすぎじゃない？

はぁ……、分かりましたよ……。一人で行けばいいんだろ、一人で行けば。……けっ！

※

「くそっ！　どれもこれも、球場内に売ってねぇじゃねぇか！」

幸いにもカリスマ群の皆様からもひまわりからもお金はもらえたが、厄介なことにあいつらが要求した飲み物は、球場内のどこにも売っていなかった。

なので、仕方なしに西口から一度球場の外に出て、自販機を探す旅をスタート。

いっそ、コンビニに行くか？　いや、さすがに距離があるし……ん？

「くっ。見つからん……。このあたりだとは思うのだが……」

なんか野球部のユニフォーム姿の男が入場口から少し離れたところで、落ち着きなく周囲を見回しているな。もしかして、あの男も飲み物パシリにされているのだろうか？

だとしたら、声をかけて協力して飲み物を探しあうのも……

「ねぇ、少しいいかしら？」

おや？　おやおやぁ？　背後から声をかけられたぞ。

しかも、今の声……女の子じゃないか！

おいおい、ついさっきヒロインズがついてこなかったのはそういう理由か？

俺が新たな女の子と出会うから、自分達は邪魔になるってか⁉

いやー、ヒロインの自覚がないとか思って悪かったな！

どれ、ここは彼女達のパスを受け取り、新たなヒロインと――

「うん！　なに、か、……うわぉ……」

「人の顔を見るなり、げんなりするなんて貴方《あなた》は随分と失礼な人なのね」

いや、おっしゃる通りなんだけどさ……。想像を絶する期待の下回りだったもので。

振り向いた先にいた女は、一言でいうと地味。やけに長いスカートにダボダボのトップス。

スタイルは、よく言えばスレンダー。俺的に言えば、ペッタンコカンカン。

ここまではまだいいとして、その三つ編み眼鏡はなんだ？　昭和からの使者なのか？

「まったく、こんなに可愛《かわい》い女の子が声をかけてあげたのに失礼しちゃうわ。眼球が腐っているのではないかしら？」

あ、これ、やべぇ女だ。

「幸が消滅している貴方《あなた》に奇跡的に舞い降りた幸運よ。少し、私とお話しない？」

しません。特に、君みたいな毒舌女とは絶対に。

どれ、仕方がない。ここは鈍感純情ＢＯＹらしく、

「えっと、ごめんね。僕、大事な用事があって、あんまり話してる時間は……」

「まだ試合開始まで少し時間はあるわ。だから、お話をしても応援には間に合うと思うの」

この女、なんで俺が西木蔦《にしきづた》の応援に来てるのを……って、制服を見りゃ分かるか。

今日は夏休みだけど、野球部の応援だから西木蔦《にしきづた》の生徒は全員制服だしな。

ただ、大事な用事の内容を勘違いはしているようなので、

「えっとね、僕の大事な用事って、応援はもちろんなんだけど、その前にみんなの飲み物を買いに行くことも含まれてて……」

「まぁ……、使い走りをさせられているのね。とてもお似合いじゃない」

怒っていいかな？

「か、かもね！　あはははは！」

グギギギギギ！　我慢だ！　我慢しろ！

ここで本性を露《あら》わにして怒鳴り散らしているところを、うっかり知り合いにでも見られたら、俺の人生が終わるぞ！　だから、我慢だ。我慢……。

「……ここまで言っても出さないなんて……。……厄介な人ね」

「え？　なんの話かな？」

なんだ、この女？　俺の顔を見てやけにいぶかしげな表情を浮かべているが……。

「何でもないわ。ここまでの貴方《あなた》との生産性が皆無な会話についての感想だから、気にしないでちょうだい」

それ、何でもなさ過ぎて逆に気になっちゃうよ？

「ところで、飲み物を探していると言っていたけど、なぜ球場内の自販機や売店で買っていないのかしら？」

いちいち、毒舌を飛ばしてくる癖になぜ会話を引き延ばす？

「球場内に売ってない特別なのが多くてね。……だから、外まで来たんだ。あのさ、僕、本当に急いでるから……」

試合開始まであと二十五分しかねぇんだから、さっさと解放してくれよ。

これで、サンちゃんの試合に間に合わなかったら……。

「すまん。少し、構わんか？」

って、次はなんだよ！　今度は、後ろから誰か知らん男が声をかけてきたじゃねぇか！

一人で球場の外に出たら、地味毒舌眼鏡とよく分からん男に話しかけられるとか、ラブコメ主人公がされることじゃねぇだろ！

「この辺りで、バッティンググローブを見なかったか？　黄色を基調としたものなのだが……」

声をかけてきたのは、ついさっき毒舌女に話しかける前に見かけた、入場口近辺で何かを探していた野球部のユニフォームに身を包む一人の男。

身長は約一九〇センチメートル。おまけでスーパーイケメンだ。

「バッティンググローブ？」

「うむ。ユニフォームのポケットにお守り代わりで入れておいたのだが、集合場所に向かう途中でどうも落としてしまった可能性が高いのだ。……予備もあるのだが、可能であればそのバッティンググローブで試合に臨みたい」

お守り代わりに使うってことは、余程大事なものなんだろうな。

ただ、残念なことに……

「ごめん。ちょっと見てないかな……」

「そうか……。そちらの女も見ていないのか？」

「………見ていないわ」

なに、その異常なまでに長い間？

「分かった。……ならば、別の場所を探してみるか……。突然、話しかけてすまなかったな」

「ううん！　気にしないでよ！」

ったく、しょうもないイベントで俺の貴重な時間を消費させんなよな。

こっちは、試合が始まるまでにさっさと飲み物を買って戻りてぇんだよ。

美少女以外はとっとと、失《う》せろ――と、普段の俺なら思うのだが……。

「では、俺は別の場所を探しに――」

「あっ！　ちょっと待ってよ！」

「どうした？」

「よかったら、僕も手伝うよ！　君のバッティンググローブを探すの」

今回だけは、超特別だからな！　勘違いするんじゃねぇぞ！

ラブコメ主人公として、困ってる奴《やつ》を見捨てないってだけだからな！

「いいのか？」

「もちろん！　困ってる人は、見捨てられないからね！」

「……まるで、俺の親友のような言葉だな」

「え？」

なにそれ？　俺のようなラブコメ主人公とキャラが被《かぶ》ってる奴《やつ》がいるの？

まぁ、どうでもいいけど。

「いや、こちらの話だ。助力してもらえるのであれば、ありがたい」

「オッケー！　それで、どの辺りを探せばいいかな？」

「……そうだな。俺は、西口からきて東口の集合場所へ向かった。……だから、この近辺を任せたい。俺は、自分達の集合場所であった東口近辺を探そうかと……」

「確かに二手に分かれたほうが効率はよさそうだね！　うん！　任せてよ！」

「感謝する。では、すまんが発見した場合は東口まで来てもらえるか？」

「分かったよ！」

「恩に着る」

でかい体で深々とお辞儀をしたイケメン野球部は、すぐに頭を上げると急ぎ足で東口のほうへと向かっていった。……さて、つい勢いで探すのを手伝うと言ったが急がねぇとまずいぞ。

なんせ、試合開始まで残り二十五分だ。ジュースを買う時間も考えると、まともに探してる時間は十分程度が限界だろう。もし、それまでに見つけられなかったら、試合開始には遅れる上に飲み物は未購入。色んな意味でやばすぎる……。

あぁ～。やっぱ手伝うなんて言うんじゃなかったかもな……。

「まずは他の人にもお話を聞いてみるのが、いいと思うの」

この地味女は、いきなり何をほざいているのだ？

ん？　まさかとは思うが……

「もしかして、君も手伝ってくれるの？」

「ええ、そのつもりよ」

この毒舌地味女、何を企《たくら》んでやがる？

ただ、その真意を問いただす時間すらもったいねぇし、今はバッティンググローブ最優先だ。

使えるもんは、なんでも使ってやろうじゃねぇか。

「ありがとう。ところでさ、聞き込みと言ってもこの辺りに人は……」

「はぁ……。貴方《あなた》の脳はクマムシ程度の大きさなのかしら？　本当におバカさんなのね」

「あ、あまり変なことを言わないでよ。あははは……」

堪えろ……、堪えるんだ、俺！　ネットでも車でも人生でも、そうだろう？

煽《あお》りには絶対に反応しちゃダメだ。

「いるじゃないの。この辺りに朝からずっといて、今でもいる人が」

はぁ？　そんな奴《やつ》、どこにいるんだよ？　周りを見てもそれっぽい奴《やつ》なんて……あ。

「あぁ！　そういうことか！　この辺りで、屋台を出してる人に聞けってことだね！」

確かに、屋台の人達なら朝からずっとここにいるし、別に急いでもない！

やるじゃねぇか、毒舌地味女！

「ええ、その通りよ」

よし！　だったら、まずは西口入場口近辺にそびえたつあそこの屋台……『ゲンキな焼鳥屋』で聞いてみるか！

地味女を引き連れて、球場西口に屋台を構える『ゲンキな焼鳥屋』へ。

するとそこでは……

「智冬《ちふゆ》、大丈夫だって！　お兄ちゃんが一緒だろ？　だから、勇気を出して店番を……」

やけに怯《おび》えて屋台の奥で丸まる女の子と、それを必死に叱咤激励《しったげきれい》する男の人がいた。

「む、無理なのぉ〜！　知らない人、怖いのぉ〜！」

「はぁ……。参ったな……。あの子と喧嘩《けんか》してから、智冬《ちふゆ》の人見知りがますますひどく……あ、いらっしゃいませ！　ご注文ですか？」

俺達の存在に気づいてくれたお兄さんが、パッと笑顔に切り替えて話しかけてきた。

「すみません。バッティンググローブが落ちてるのを見ませんでしたか？　知り合いが、来る途中にこの辺りで落としたみたいで。黄色を基調にしたデザインのやつらしいんですけど……」

「え？　バッティンググローブ？　……ごめん、ちょっと見てないですね」

むぅ……。一発で当たりを引けるかと期待したが、そこまで甘くないか。無念。

「智冬《ちふゆ》は見てない？　この人達、困ってるみたいだけど……」

「わ、私⁉　えと……み、見たの……」

「ほんと！　ちなみに、それってどの辺りで⁉」

「ひゃっ！　こ、怖いの！　近づいてきちゃダメなの！」

しまった。ついテンションが上がって、食い気味に聞いちまったらあっという間に怯《おび》え始《はじ》めちまったぞ。慌てるな、俺。急がば回れだ。

「こ、怖いのぉ～……」

怯《おび》える少女は、整ったスタイルに綺麗《きれい》な顔で、コスモスやひまわりに匹敵する美少女だ。涙をにじませて震える姿を見る限り、相当な人見知りなのだろう。

「ごめん……。あのさ、できればどこで見たか教えてもらえないかな？」

「えっと、さっきお店の後ろのほうに落ちてたの……。でも、女の子が拾って持ってったの」

マジか……。なんで、そんなロクでもない展開に……。

「ちなみに、どんな子が拾っていったか教えてもらってもいい？」

「あ、アホな子が拾ってってったの……。とってもとってもアホだったの……」

情報、ひどくない？　それだけで発見できるほど、俺の探索能力は高くないよ？

「できれば、もう少し具体的な情報が……」

「ひっ！　し、知らないの！　アホな子だったの！」

ダメだこりゃ。

詳しく聞こうにも、この様子じゃまともにコミュニケーションすらとれん。

はぁ、どうしたもんかね？

どこかに落ちてるんじゃなくて、誰かが拾っているとなると、発見はより困難に……

「南口に行きましょ。多分、そこにバッティンググローブを拾った子がいるはずよ」

「へ？」

「あら、聞こえなかったの？　まさか、眼球だけじゃなくて鼓膜も腐っているのかしら？」

どっちも腐ってねぇよ。てめぇが、予想外の発言をしたから聞き直したんだよ、ボケが。

と言ってやりたいのは山々だが……

「君、心当たりがあるの？」

「そんなことも聞かなければ分からないのかしら？」

聞かなくても分かりますぅ～！　念のため、確認しただけですぅ～！

「……分かったよ、それなら南口に行こう。……あ、教えてくれてありがとね。助かったよ」

「ひっ！　ど、どういたしまして……なの……」

怯《おび》える女の子に簡単なお礼を告げた後、俺はかなり足早に南口へと向かっていった。

アホな女なんて、パッと見ただけで分かるとは思えんが、この地味女に心当たりがあるなら
そいつを頼らせてもらおう。これで、もしいなかったら覚悟しとけよ、このやろう。

※

「えっと、南口にはついたけど……、どの辺りにその子はいそうなの？」

「分からないわ」

「……どういうことかな？」

てめぇが南口にいるって言ったから、わざわざ来たんだぞ。

なのに、『分からない』とはどういうことだ？

「彼女の行動は複雑怪奇で無作為なのよ。だから、南口にいるとは思うのだけど、それ以上先は私も分からないわ」

その発言が、複雑怪奇だわ。

これは、本格的にやべぇぞ。もう、時間はほとんどない。

急いで見つけねぇと、マジで試合に間に合わなくなる。

だってのに、情報は『アホ』ってことだけ。

このままじゃ、バッティンググローブを見つけることなんて……ん？

「むふ！　むふふふ！　今日も私は可愛《かわい》すぎますね！　まさに、翠玉《すいぎょく》の如き可愛《かわい》さ……エメラルドファウンテンエンジェルです！　きっと、こんなに可愛《かわい》い私なら……むふ！　むふふ！」

少し先の自販機の前で、ガラスに映った自分を見つめてにやける少女。

身長は低めで、幼い顔立ちをしているから中学生くらいだろうか？

とまぁ、それはさておきだ。まさか、あの女が……

「はぁ〜！　自販機さんもこんなに可愛《かわい》い私がジュースを買いに来て、嬉《うれ》しくて仕方ないでしょう？　……はっ！　しかし、私がジュースを買ってしまっていいのでしょうか？　こんなに可愛《かわい》い私がジュースを買ったら、自販機さんが張り切りすぎちゃって、大量のジュースを吐き出してしまうかもしれません！　ひょわわわわ……」

あ、間違いねぇわ。断片的な情報で、確信的なアホを発見できたわ。

しかも、よく見ると左手にバッティンググローブを持ってるし。

「あのさ、もしかしてだけど……」

「ええ、あの子よ。今日は自販機と戯《たわむ》れているようね」

今日はって……いったい、他の日は何と戯《たわむ》れているのやら……。

とまぁ、それはさておき、目的の人物に出会えたのなら好都合だ。

「ねぇ、君。少しいいかな？」

「むふぅ〜ん。自販機さん、張り切りすぎちゃダメですよ。あくまでお金を入れた分だけ……む？　何やら声をかけられたような気が……ひょわっ！　な、なんですか、貴方《あなた》！　いきなり私に話しかけても、一緒に写真は撮ってあげませんよ！　むしゅるるるる！」

なんか、所々にアホがトッピングされた威嚇をしてきた。

「いや、写真が撮りたいんじゃなくて、君の持ってるバッティンググローブを渡してほしいんだ。それを探している人がいてさ……」

「そんな言葉で騙《だま》されません！　私が差し出した瞬間に手をつかんで、無理矢理ワタワタダンスを一緒に踊るつもりなのはお見通しですからね！　むっふー！」

何を見通したらそうなる？

「そもそも、これは私の厳しい先輩の物なんです！　ですから、試合が終わったら『天使の私が見つけてあげました！　むふ！』と伝えて恩を売り、その厳しい先輩を下僕にするというすんばらすぃ純情無垢《じゅんじょうむく》な計画があるんです！」

どこに純情無垢《じゅんじょうむく》さがあるのか、詳しく教えてもらいたい。

「いや、多分だけど、今まさにその人が一生懸命探してるんだけど」

「そんな陳腐な言葉に騙《だま》されませんよ！　むふー！」

さっきから、陳腐な言葉を連発している奴《やつ》に言われたくない。

……しかし、どうする？　この様子だと、何を言っても渡してくれそうにないぞ。

無理矢理奪い取るのは、さすがに気が引けるし……

「大体あなたは、その格好を見るに西木蔦《にしきづた》の生徒ではないですか！　なのに、どうして——」

「ねぇ、そこのとても可愛《かわい》い天使さん。少しいいかしら？」

「はぁ～い！　なんですかぁ～？」

チョッロォ！　ちょっとおだてられたら、あっという間に満面の笑顔になったぞ！

「私達は、どうしてもそのバッティンググローブが必要なの。だから、天使の貴女《あなた》の慈悲で、渡してもらいたいのだけど、ダメかしら？」

上げがすごいな。しかし、このアホにはどうもそれが効果的なようで……

「ひょわっ！　てっきり、ワタワタダンスを踊りたくてしゃあないのかと思ったのですが、まさか本当に必要なのですか！　ですが、これは……」

しっかりとコミュニケーションがとれていらっしゃる。

「今、落とした人は東口で一生懸命探しているわ。……だから、私達に渡してほしいの。もしくは、貴女《あなた》に一緒に来てもらいたいのだけど……」

「むぅ……。そうだったのですか……。私はここから動くわけにはいかない、のっぴきならない事情がありますし……」

のっぴきありそうだよね、その事情。

「分かりました！　では、私の代わりに届けてくれるとありがたいです！　むふ！」

アホの子が、いい笑顔で地味子にバッティンググローブを差し出してきた。

初対面の相手を信じる速度までも、アホである。この場合は、助かるけど。

「ありがとう、とても嬉《うれ》しいわ」

「どういたしまして！　それにしても、貴女《あなた》は私の綺麗《きれい》な先輩に声がそっくりですね！　お姿は全然違いますけど！　むふ！」

「あら、そうなの？」

「はい！　とっても綺麗《きれい》で優しくて、私が一番尊敬してる先輩なんです！　その人とそっくりな声をしているということは、貴女《あなた》もいい人に決まってます！」

なるほど。そういう理由で、この地味子に渡したわけか。

理由がとてもアホっぽいが、渡してくれたならいいとしよう。

それに、おまけでラッキーなこともあったしな。

「では、私は南口ワタゲスト計画を実行するので、失礼しますね！　むふふぅ～ん！」

結局、アホの子はアホの子のまま、アホな仕草でアホに去っていった。

世の中にあそこまでのアホがいるとは……。

「二人とも気づかなかったわね。なら、あの人も……いいえ、そう決めるのは早計よ」

「えっと、何の話かな？」

「こっちの話よ、気にしないでちょうだい」

分かった、気にしない。なぜなら、地味子の事情なんてどうでもいいから。

「さ、東口に行きましょ」

「あ、ちょっと待ってもらえる。その前にしたいことがあってさ」

ここなら、ちょうどよく俺の本来の目的も達成できるからな。

いやはや、普段からご都合主義には恵まれてねぇんだが、こういう時に限って恵まれるってのも普段の行いのおかげか？　なんて、んなことはどうでもいいか。

それよりも、急いで……

「ジュースを買わせてよ。ここの自販機に、僕が買いたいジュースが全部売ってるからさ」

カリスマ群の皆様と、ひまわりのジュースを買うとしよう。

※

自販機でジュースを購入し、地味子と一緒に東口へ。

これでイケメン野球部がいなかったらどうしようと少しだけ不安にもなったが、それは杞憂《きゆう》。

バッチリと東口の近辺を探して頭を抱えていてくれた。

「おまたせ！　これだよね！」

「見つけてくれたのか！」

俺が地味子から受け取ったバッティンググローブを見せると、さっきまで比較的冷静だったイケメン野球部が、珍しく驚いた声を出した。

やっぱり、本当に大切な物だったんだろうな。

「うん、バッチリね。と言っても、僕じゃなくて……」

「貴方《あなた》が手伝うと言ったから私も手伝ったのだし、これは貴方《あなた》の成果よ」

おや？ てっきりまた毒舌が飛んでくると思ったが、随分と殊勝なことを言い出したぞ。

けど、見つけたのはほぼ地味子のおかげだろ。

南口にあると断定してくれたのも、アホを説得してくれたのも全部こいつの力だ。

「感謝する。では、すまんが俺は……」

「うん、急いでるんだよね。気にしないでいいよ」

「重ね重ね感謝する。……そうだ！ よければ、試合を見にきてくれ！ ……必ず、俺のホームランを見せると約束しよう！」

最後にそう言うと、イケメン野球部は大急ぎで球場の中へと向かっていった。

……必ずホームランか。あいつの立場だったら、そう言うだろうな。

ま、とにかく無事にジュースも買えたし、バッティンググローブも見つけた。

だったら、俺も……

「ねぇ、一つだけ聞いてもいいかしら？」

ちっ。さっさと応援席に戻りたいのに、地味子がまた話しかけてきたじゃねぇか。

できることなら邪険に扱ってやりたいが、こいつのおかげで解決できたわけだし……

「なにかな？」

少しだけ、話に応じてやるか。

「貴方《あなた》、あの人の正体……気づいていたわよね？」

その通りだ。俺は、あのイケメン野球部の正体を知っている。

あの男は……

「特正北風《とくしょうきたかぜ》。一年生で名門唐菖蒲《とうしょうぶ》高校野球部の四番バッターを任されている、今年一番の選手って言われてる人だよね？」

サンちゃんにとっての、最大のライバルなんだからな。

「その通りよ」

地味子が、鋭い眼差《まなざ》しを俺へ向ける。

「どうして、貴方《あなた》は特正《とくしょう》君を助けてあげたの？　精神的な話だけど、彼はあのバッティンググローブがなければ、力を発揮できなかった可能性が高いわ。そっちのほうが、西木蔦《にしきづた》の貴方《あなた》としては都合がいいと思うのだけど？」

だろうな。もし、俺があいつと野球勝負をするってんだったら、絶対に探すのを手伝わない。

それでも、今回助けたのは……

「僕の親友のためだよ」

サンちゃんが嫌がるからだ。

「貴方《あなた》の親友？」

「確かに、特正《とくしょう》君の調子が悪かったほうが、西木蔦《にしきづた》は唐菖蒲《とうしょうぶ》に勝ちやすかったかもしれない。でも、それじゃあ僕の親友は納得できないと思ったんだ」

「どういう意味かしら？」

「本気の唐菖蒲《とうしょうぶ》に勝って甲子園に行ってこそ、意味があるってこと。たまたま手に入れた偶然になんて頼らない。信頼と努力、仲間と自分がやってきたことを信じて、どんな時でも逃げずに全力投球。……それが、僕の親友だからさ」

もし、本調子じゃない特正《とくしょう》に勝っても、サンちゃんは絶対に納得しないだろう。だから、俺にとっては厄介で大嫌いな男であろうとも助けることを決めたんだ。

「そう。……ちゃんと、お友達の裏の気持ちまで理解しているのね」

「分からないよ。あくまで、僕の憶測だしね。……それに、何もかも全部分かってるわけじゃない。きっと、僕の知らない気持ちも隠れてるよ」

「ふふっ。そうかもしれないわね」

……む。外見はすさまじく地味だが、笑うとちょっとだけ可愛《かわい》いじゃねぇか。

無論、俺のラブコメ道に加えるほどではないがな。

「やっと、少しだけ本当の貴方《あなた》とお話ができたわ」

ん？　本当の俺、だと？　まさか、この女……俺が鈍感純情ＢＯＹを演じてることを……。

いや、勝手な憶測で深入りすると逆に危険だ。ここは、スルーしておこう。

「ありがとう、色々と教えてくれて。とても有意義な時間だったわ」

「それはどういたしまして。あのさ、そろそろ本当に時間が……」

「分かっているわ。お友達を最優先したいのでしょう？　だから、この続きは試合が終わってからにしましょ」

「いや、試合の後もサンちゃんが最優先だから……」

というか、またろくでもない毒舌が飛んできそうだから、会いたくない。

「親友を最優先。……私と同じね」

え？　この地味子、親友とかいるの⁉　まじ、どんだけの菩薩《ぼさつ》だよ、その人。

「なら、その言葉が本当かどうか、確かめさせてもらわないといけないわね。もしも嘘《うそ》だったら、そこで貴方《あなた》はおしまいになるし」

めっちゃ、怖いんですけど……。

いや、しかしだ。偶然出会った女と後になって再会するなんて、よっぽどの事情があるか、ラブコメでもない限り普通はそう起きない。

だから、この出会いも一期一会になるだろう。お互いに名前も知らねぇ関係だしな。

「よく分からないけど、分かったよ。それじゃあ、僕はもう行くから……」

さ！　急いで応援席に戻るとしよう！

幸いにも、ギリギリ試合開始には間に合いそうだからな。

ひまわりじゃないが、レッツ・ダッシュってやつだ。

俺は地味子へ背を向けて、大急ぎで球場の中へと戻っていった。

「また後で会いましょうね、ジョーロ君。……今度は、あっちの私で」

※

「ジョーロ、遅い！　試合、もうちょっとで始まっちゃうよ！」

「ご、ごめん！　飲み物が全然見つからなくてさ……。でも、ほら、この通り！」

どうにかギリギリセーフ。ちょうど、今は試合前の挨拶をしている。

なので、俺はやっとの思いで手に入れたジュースをひまわりやA子さん達へと渡す。

「わぁ～！　ありがと、ジョーロ！」

「え？　そんな必死に探してたの⁉　わ、悪かったわね……。ありがと……」

てっきり遅れたことに、ひまわりと同様怒ってくると思ったら、少しだけ頬を赤らめながら謝罪と謝礼をするA子さん。……ビジュアルはあれだが、やっぱいい奴《やつ》だよな。

「よぉ～し！　ここから、サンちゃんを応援しちゃうよ！　コスモスさんより、ずっとすごい応援をしちゃうんだから！」

「言ってくれたね、ひまわりさん！　私の応援だって、中々のものだよ！」

何やら、応援のことで張り合うひまわりとコスモス。

ま、残念ながら俺の応援にはかなわないだろうがな！　これまでに鍛え上げた、華麗なる声援を球場内に響かせてやろうじゃねぇか！

ちなみに、サンちゃんは……あっ！　いたいた！　すげぇ、真剣な表情をしてるよ。

それに……

「相手バッターのバッティンググローブ、やけに明るいから目立つわね。あいつが、今年一番の打者って言われてる特正《とくしょう》って奴《やつ》なんでしょ？」

「みたいだね！　でも、きっとサンちゃんなら勝てるって！」

俺の隣で会話をする、カリスマ群のA子さんとE子さん。

その言葉につられるようにサンちゃん達と対峙《たいじ》する特正《とくしょう》を見ると……、確かに黄色いバッティンググローブをつけている。

果たして、俺のやったことは正しかったのだろうか？　……いや、もしサンちゃんが特正《とくしょう》の件を知っていたら、きっと『そうしろよ！　俺は、本気の特正《とくしょう》に勝ちたいからな！』って言うよな。俺がやったことはきっと正しかったんだ。

だから、俺がこれからすべきことは……

「サンちゃーん！　がんばれぇー‼　負けるなよ‼」

誰にも負けない、バカみたいにでかい声で応援することだよな！

「ちょっと、あんた！　隣で騒がないでよね！」

「わー！　ジョーロ、すっごぉい！　元気いっぱいだね！」

「これは私も負けていられないいな！　大賀《おおが》君、がんばれぇ～！」

俺の周りにいる女の子達が、それぞれ俺の声への感想を言っているが、そんなものはまるで耳に入らない。普段は、ラブコメ主人公を目指して自分を偽っているが、それはひと休み。

今だけは、少しでもサンちゃんの力になれることをやっていかねぇとな！

負けんじゃねぇぞ、……サンちゃん！

『それでは、これより地区大会決勝戦を開始します！』

場内に鳴り響く、アナウンサーの声。先攻が西木蔦《にしきづた》高校、後攻が唐菖蒲《とうしょうぶ》高校。

一番打者の樋口《ひぐち》先輩が打席に立ち、唐菖蒲《とうしょうぶ》高校の野球部が守備位置へつく。

そして、主審が
「プレイボール!!」

球場内全てに響く声で、そう宣言したのであった。

……これが、全ての始まり。

この大会を通して、俺達の運命は大きく変化することになる。

試合結果や、この後俺に降りかかる運命を考えると、本当にロクでもない一日だったよ。

もしやり直せるなら……、いや、やり直せたとしても、俺は同じ行動をしただろうな。

本当に最悪な一日だったけどよ、一つだけあったからな。

……最高の出会いってやつがさ。

俺は生徒会長と戦ってみる

第二章

これは、俺が自分の本性を曝《さら》け出《だ》す前。まだ二人の美少女からとんでもない相談をされず、毒舌ストーカー図書委員に脅《おど》されていなかった頃の、ちょっとした話だ。

…………………

…………

……

「ジョーロ、大変なの！　助けて！」

「俺からも頼むぜ！　ジョーロ、お前の力が必要だ！」

朝、慌しい様子でひまわりとサンちゃんが、俺の席へと駆け付けた。

よほど慌ててでもいるのか、二人とも朝練終わりに着替えも済まさず、それぞれテニスウェアと野球部のユニフォームの状態だ。

「えーっと、何の話かな？」

「せーとかいがひどいんだよ！　おーぼーだよ、おーぼー！」

「ひまわりの言う通りだぜ！　今回ばかしは、さすがの俺も我慢の限界だ！」

ふむ。生徒会の横暴か。

　これを言っているのがひまわりだけなら、しょうもないことのような気もしなくもないが、サンちゃんも一緒に言ってるってことは、本当に何か厄介なことが起きたのだろう。

　天真爛漫《てんしんらんまん》で本能のままアホに……こほん。自由に行動するひまわりに対して、熱血漢ではあるが意外と冷静に行動するのがサンちゃんだからな。

「もう少し詳しく教えてもらっていいかな？」

「時間がなくなったの！」

　それ、詳しくない。

「ふぅ。バッチリ、じょーほーでんたつできたね！」

　やりきった顔してますなぁ～。

　まぁ、ひまわりのちょっとアレな部分は理解しているし、そもそも今の質問はひまわりにしたわけではない。俺が聞いたのは……

「サンちゃん、教えてもらっていいかな？」

「おう！　任せとけ！」

　ちゃんと教えてくれそうな、我が親友のほうだ。

「最近、生徒会が代替わりをして、新しい生徒会長になったのは知ってるよな？」

「うん。確か成績がいつも学年一位の、すごく頭がいい人がなったよね」

「ああ、その通りだ」

何人か立候補者はいたが、圧倒的大差で下馬評どおりその人が勝ったのが印象的だ。あそこまで圧勝ってのも、中々珍《めずら》しい。

「でさ、新しい生徒会長の施策で、『生徒はもっと勉学に集中すべき』ってことになってよ、部活の活動時間が三十分も短縮されたんだ！」

確かに、サンちゃんやひまわりからしたら、由々しき事態だな。

が、しかしだ。

「うーん……。それが生徒会長の方針だったら、仕方ない気もするけど……」

「いや、問題なのはここから先なんだ」

「ここから先？」

「運動部だけなんだよ。活動時間が短縮されるのが」

「え？」

おいおい、どういうことだ？　勉強のために、部活の時間を短くするのは分かる。けど、運動部だけってのは、さすがにおかしくないか？

「どうして運動部だけが？　文化部のほうは……」

「そうだろ？　俺だって、おかしいと思ったよ！　生徒会長が言うには、運動部は朝練もしてるんだから、放課後は少し短くしてもいいだろって話らしいんだけどさ……」

理にかなっているように見えて、結構な横暴な気がする。運動部が朝練をやっているのは事実だが、それが放課後の活動時間を短くする理由にはならねぇだろ。

「な？　おかしいだろ？　俺、少しでも沢山野球の練習をしたいんだよ！　もちろん、勉強が大切ってのも分かるけどさ……」

そうだよな。サンちゃんは、野球が大好きだもんな。

だから、できる限り野球の練習をしたいに決まってるよな……。

「わたしも、サンちゃんといっしょ！　テニスの練習いっぱいしたい！」

そうだよな。ひまわりは、テニスが大好きだもんな。

だから、できる限りテニスの練習を──

「あと、勉強したくない！　テスト前にジョーロから教われればだいじょぶだもん！」

テニス部だけ、活動時間を短くしても問題なさそうだな。

よくその考えで、サンちゃんと一緒とか口にできたもんだな、おい。

「だからジョーロ、大変なの！　助けて！」

「俺からも頼むぜ！　ジョーロ、お前の力が必要だ！」

というわけで、スタート地点に戻ってきましたよとさ。

ただ、話を進める前にもう少々残った疑問を解決させてもらうとしよう。

「うーん……。二人の事情は分かったけどさ、なんで僕なの？」

そもそも俺、生徒会長と知り合いでもなんでもねぇし。

仮に俺が生徒会役員だったりしたら、分からなくもねぇ話だけどさ……。

「ジョーロは、学年問わず友達が多いだろ？　だから、つてを辿《たど》って生徒会長に直訴してもらえないかなって！」

「そうかなぁ？　そんなに知り合いは多くないと思うんだけど……」

――なんてな。確かに、俺は知り合いが多い。

日々、鈍感純情ＢＯＹとして、多くの人達と浅く広くお付き合いさせてもらっているからな。

……別に、深い仲の人だっているんだからな！　サンちゃんとか！　サンちゃんとか！

「そんなことないって！　野球部の奴《やつ》らも言ってるんだぜ？　うちの学校で、誰とでも気兼《きが》ねなく話せる奴《やつ》は、ジョーロぐらいしかいないだろうって！」

自分でも自覚のあることなんだが、サンちゃんから褒められると嬉《うれ》しい。

こう、やる気が一気に上がるっていうか……

「テニス部でもジョーロのお話してるよ！　男の子としての魅力をまったく感じないから、逆に話しかけやすいって、みんな言ってた！」

君はさっきから、俺に恨みでもあるのかな？

どうして、サンちゃんが上げてくれた俺のやる気を、見事に相殺《そうさい》してくれるわけ？

「えっとさ、もし僕が生徒会長に直訴できるとしても、その前にやっぱり運動部の人達が話したほうがいいんじゃないかな？　当事者なわけだし……」

「やったんだけど、ダメだったんだよ……。どうも生徒会長は、運動部を毛嫌いでもしてるのか、まともに話を聞いてくれなくてさ。『活動時間は短縮する』の一点張りだったんだ」

「そうだったんだ……」

それで、俺に白羽の矢が立ったってわけか。

……さて、どうする？

正直に言わせてもらえば、俺は鈍感純情ＢＯＹとして振舞っているので、あまり波風を立てるような行動はしたくない。生徒会長に対して直訴なんて、波風が立ちまくる行動だし、失敗した時のデメリットが大きそうだ。

加えて、仮に運動部の活動時間が短くなったとしても、俺にデメリットはない。

俺は、運動部に所属していないからな。そこまで運動が得意ってわけでもねぇし。

要するに、この件は俺にとってハイリスクローリターンなんだ。

だから、断るのが無難だとは思うんだが……

「なぁ、どうにかできないか？　ジョーロ」

「ジョーロ、お願い。わたし、いっぱい部活したいの……」

ここまで真剣に頼まれちまうと、断りづらいよなぁ。

それにラブコメ主人公を目指す者として、トラブルに巻き込まれるのは自明の理。

これはある意味、俺に対して課せられた一つの試練ともいえるだろう。

……よし！　決めた！　できるかどうかは分からねぇが、幼馴染《おさななじみ》と親友の頼みだ！　やってみようじゃねぇか！

「分かった。それじゃあ、上手《うま》くいくか分からないけど、生徒会長に話をしてみるよ」

「そう言ってくれると信じてたぜ！　さすが、俺の親友だな！」

「ジョーロ、ありがとっ！　大好き！」

こうして俺は、運動部の活動時間短縮を阻止すべく、生徒会長へと直訴をすることになったのであった。

※

放課後、生徒会室の前に辿《たど》り着《つ》いた俺は、ドアを二回ほどノック。

すると、中から凜《りん》とした声が聞こえてきた。

「どうぞ」

「失礼します」

許可が出たので、ドアを開けて中に入ると、そこには一人の生徒。

年不相応な大人びた風貌、冷静沈着さを感じさせる鋭《するど》い眼光。意図してかしてないか分からないが、面と向かっているだけで威圧されているような気分になるな。

選挙以来に見るが、この人がうちの学校の生徒会長だ。

「おや？　君は……。すまないが、名前を教えてもらっても構わないかな？」

「如月《きさらぎ》です、二年の如月雨露《きさらぎあまつゆ》。えっと、友達の生徒会役員に話があるって、前もって伝えてもらうよう頼んだんですけど……」

一応、事前に知らせておいたとはいえ、いきなり知らねぇ奴《やつ》から、話があるから時間を作ってくれなんて言ったら、正直めんどくさいよな。

あまり機嫌をそこねないでもらえると助かるんだが……。

「ああ、君が如月《きさらぎ》君か！　もちろん、聞いているよ！　それで、私に何の用かな？」

おや？　機嫌が悪いどころか、むしろ上機嫌だぞ。思った以上に歓迎してくれるっぽい。

なんだかウキウキしていらっしゃる様子……ではあるが、瞳の鋭さだけは何も変わってねぇ。

品定めされてるみたいな気分になる……。

ええい、ビビるな。

どれだけ怖くても、どれだけ逃げたくても、やると決めたらやる。それが俺のモットーだ。

「えっとですね……、運動部の活動時間の件で、生徒会長に話を――」

「なんだ、またその話か」

あっという間に興味をなくしたようで、溜息《ためいき》を一つ。

その話は、もうお腹《なか》いっぱいって感じだな。

つか、実際そうなんだろう。『また』って言ってるぐらいだし。

「申し訳ないが、運動部の活動時間は短縮するよ。これは、決定事項だ」

「どうして運動部だけなんですか？　もし短くするとしたら、文化部も――」

「調べもせずにすぐ答えを知ろうとする。それはよくないと思うよ、如月君《きさらぎ》」

ふふん。俺が何も情報を持たずに、ここに来たと思うなよ。

ちゃんと、サンちゃんから事情を聞いてるっつーの。

「その……、運動部は朝練をしているから、その分活動時間を短くするんですよね？」

「おっと、私の早とちりだったか。これは失礼した――と、言いたいところだが、やはり勉強不足だね、如月《きさらぎ》君」

「どういうことですか？」

「先程の台詞《せりふ》を、もう一度私に言わせたいのかな？」

「うっ！　すみません……」

「まぁ、構わないさ。他の生徒も皆、似たようなものだったしね。むしろ、最低限の情報を用意してから私に直訴しにきた君は立派だと思うよ」

褒めてくれてはいるが、こっちの言い分はまるで聞いてくれそうにねぇな。

しかし、どういうことだ？

サンちゃんが嘘《うそ》をつく理由はねぇし、俺は間違ったことは言ってねぇはずだ。

「大方、運動部の友人に『自分達では話を聞いてもらえないから、代わりに話してきてほしい』とでも頼まれたのだろう？」

「はい。その通りです……」

「ふふっ。君の反応は面白いね。最近、その話をしにくる生徒ばかりで、少々ストレスが溜《た》まっていたが、君は少しだけ他の生徒と違い特別に感じるよ」

なら、特別おまけで言い分も聞いてくれない？

聞いてくれないね、そこまで甘くないね。

「君には、運動部の活動時間を短縮する本当の理由を教えてあげよう」

「本当の理由……ですか？」

「実を言うと、私が運動部だけの活動時間を短くしたのは、彼らが朝練をしているからというわけではないのさ。ただ、口実としてはそちらのほうが納得してもらえると思ってね。詭弁《きべん》として、そう伝えさせてもらっているんだよ」

何も成果があげられないよりはマシだが、聞いたところで何とかできるのだろうか？

「制限した本当の理由は二つ。一つ目は成績の低下、二つ目は最終下校時刻の違反。……特に、二つ目が非常に重要なんだ」

「最終下校時刻の違反、ですか？」

一つ目の成績の低下ってのは分かる。

ようするに、部活にかまけてばかりで、勉強を疎《おろそ》かにしてるってことだろ。

ちょうど一人、どこぞの幼馴染《おさななじみ》がそのいい例だとは思う。

活動時間を短くする理由で、サンちゃんからも教えてもらってたやつでもあるよな。

ただ、二つ目がよく分からん。

「そうさ。先生達もこの件には頭を悩ませていてね、以前からよく相談を受けていたんだよ。うちの学校には、最終下校時刻を破っている生徒が非常に多い。……特に、運動部にね」

「どうしてですか？　時間が分かっているなら、そこでちゃんと部活を終わらせれば……」

「如月《きさらぎ》君の言う通りだ。どこの部活も、最終下校時刻を破ってまで活動を続けていない。……ただ、肝心の部活終了時間の設定を間違えているんだ」

最終下校時刻とか、部活終了時間とかややこしいな、おい。

「文化部、運動部共に、大抵の部活が部活の終了時間を最終下校時刻の十分前にしている。ただね、それだと運動部は最終下校時刻までに帰れないんだ。なぜかは、分かるかな？」

それはつまり、文化部と運動部で何か違いがあるってことだよな？

なんでそんな差が……あ、もしかして……

「……片づけがあるからですか？」

「その通りだよ！　いや、如月《きさらぎ》君は察しが早くて助かるね！　以前に来た生徒は、ここまで聞いてもまるで理解できず、『もう知らないもん！　ジョーロがせーとかいちょーをけっちょんけちょんにするんだから！　ふーんだ！』と文句を言って、出ていってしまったからね」

うちの幼馴染《おさななじみ》が、ほんとすみません。

「文化部と比べて運動部は、部活が終わった後にやることが多い。機材の片づけ、着替え、生徒によってはシャワーを浴びるという人もいる。それを、最終下校時刻の十分前から始めて、時間通りに帰れると思うかな？」

「……いえ」

それで、生徒会長は運動部だけ活動時間を短くしたってわけか。

終了時間を早めれば、その分片づけに着手する時間も早くなる。

そうすりゃ、全員が最終下校時刻までに帰れるから。

「なら、そのことをちゃんと伝えればいいじゃないですか。そうすれば……」

「私がしていないと思うかな？」

「うっ！　もしかして……」

「しているんだ。まだ私が生徒会長になる前の話だがね。各運動部の部長に、『部活終了時間を早めてほしい。今のままだと、最終下校時刻までに帰れていないから』と伝えたんだ。そうしたら、なんと言われたと思う？　『細かいことをグチグチ言うな』、『臨機応変って言葉を知らないのか』、『こっちは本気でやっているんだ』、『えー！　わたし、ちゃんと時間守ってるもん！』などと、まるで話し合いにならない言葉ばかりが返ってきたよ」

最後の台詞《せりふ》だけ、誰が言ったか特定が余裕過ぎて困る。

ついでに、本当に時間を守っているかも怪しいもんだ……。

「そうですか……」

「先生達にこの話を提案したら、すぐに首を縦に振ってもらえたのは幸いだったね。まぁ、以前から頭を悩ませていた件だとすれば、当然とも言えるが」

まいったな。こりゃ、生徒会長が圧倒的に正しい話だぞ。

しかも、教師まで味方につけてるなんて、鬼に金棒状態じゃねぇか。

「あの、せめてその事実を伝えたら、ちゃんと対処する部活も出てくるんじゃ……」

「その可能性も考慮したよ。だがね、如月《きさらぎ》君。これまで、再三にわたる注意を聞かなかった生徒達が、事実を知ったところできちんと対応すると思うかい？　『分かった。これからはちゃんと守る』と口先だけで言って、結果として守らない未来が私には予測できるのだが？」

「それは……」

「私は結果至上主義者でね。『努力する』という言葉は、信用していないんだ。彼らが活動時間を制限された後、最終下校時刻を守るという結果を残したのであれば、それから先のことは考えてもいいけどね」

「ちなみに、それってどのくらいの期間ですか？」

「そうだね。最低でも半年、最長で私の任期が終わるまでかな」

つまり、最悪あと一年間、部活の活動時間が制限されるってわけか……。

「これ以上の説明は、必要ないよね？」

「……はい」

「なら、話はここでおしまいだよ」

満足気な勝者の笑みを浮かべる生徒会長。

これは、ちと厄介《やっかい》な案件だな……。

むしろ、ここまでの話を聞いていると、俺も生徒会長の味方につきたくなるほどだ。

「しかしアレだね。如月《きさらぎ》君と話しているのは中々楽しかったよ。それに、君はたとえ運動部の友人に相談されていたとしても、私情を挟まず私と話してくれた。その……よかったら、生徒会に入らないかい？　ちょうど書記の役職が空いていてね！　ほら、君はテニス部のひまわりさんや、野球部の大賀《おおが》君とも仲が良《い》いだろう？　運動部とのつながりを持っている上に、中立的な考えで行動ができる君がいると、非常に頼もしい！　だから是非……」

「運動部の活動時間を短くしないでくれるなら、入ってもいいかもしれないですね」

「おっと、勧誘は失敗か。なら、今回は縁がなかったということで」

「……分かりました」

見事に生徒会長の説得は失敗しましたよと、さ。

はぁ……。こりゃ、あとでひまわりに文句を言われそうだな……。

生徒会長に言いくるめられ、見事に惨敗《ざんぱい》した俺は、一人トボトボと帰宅。

こりゃ、参ったわ……。

何とか付け入る隙があればよかったんだが、完璧な鉄壁ガードっぷり。

あそこから、向こうに考えを変えさせるってのは、かなり厳しいぞ。

それに、サンちゃんが言っていた『生徒会長が運動部を毛嫌いしている』ってのも、さっきの話を聞いて理解できた。

生徒会長になる前、まともに話を聞いてもらえなかったなら、そりゃイラつきもするわ。

まぁ、その鬱憤《うっぷん》を晴らすために、わざと厳しくしてるってわけじゃねぇんだろうけど。

そもそも、仮に活動時間を短縮しなかったとしても、最終下校時刻に間に合うように、部活の終了時間を設定したら、結果として活動時間は短くなるんだ。

そうなったら結局のところ、サンちゃんやひまわりの希望はかなわない。

二人の要望ってのは、根本的に部活のできる時間を減らさないでほしいってことなんだから。

どうする？　俺が思いついた対策なんて、最終下校時刻自体を伸ばせばいいんじゃねだが、そこまでできるような案件でもねぇしなぁ。

※

「はぁ……。素直に諦《あきら》めて、明日サンちゃんとひまわりに謝るしかねぇか。ひまわりは駄々《だだ》をこねそうだが、サンちゃんは分かってくれるだろ……」

「その……、何を諦めるんですか？」

「あん？　そりゃ、部活の活動時間を短縮させ……って、どわぁ！　なんだよ、あんた⁉」
ビ、ビックリした！
いきなり声をかけられたから、思わず答えちまったけど、全然知らねぇ奴《やつ》じゃねぇか！

「わっ！　あの、す、すみません！　突然話しかけて……、あの、すみません！」

てか、やべぇ！　つい、一人だからって油断して、鈍感純情ＢＯＹじゃなくて、本当の俺で反応しちまったよ！

どうにかごまかさねば！

「こ、こほん……。だ、大丈夫だよ！」

「わっ！　態度がいきなり豹変《ひょうへん》しました！」

「ま、まぁ、細かいことは気にしないでよ！　さっきのは、ほんとついだから！　つい！」

「そうですか……。あの、すみません……」

俺に声をかけてきた少女が、表情を曇らせて謝罪を一つ。

制服を着ているが、見覚えがないものだし、別の学校の生徒なのだろう。

いや、よかったわ。これで、同じ学校の奴《やつ》だったら、マジでやばかった……。

「僕のほうこそ、突然大きな声を出してごめんね」

「い、いえ、こちらこそ本当にすみませんでした！」

深々とお辞儀をする少女は、パッと見は俺とそんなに年は離れていなさそうだな。

鋭いけど弱々しい瞳、女子にしては比較的高い身長、整ったスタイル。ぶっちゃけ美人だ。

ふっ。さすが、日々ラブコメ主人公として鈍感純情ＢＯＹを邁進《まいしん》している俺なだけあるな。

こんな風に見知らぬ美少女と出会うなんて、まさにラブコメではないか！

「それで、なんで僕に話しかけたのかな？　君とは初対面だと思うんだけど！」

「あの、なんで、突然そんなハイテンションに……」

「あ、あー。気にしないで！　僕、いつもこんな感じだから！」

おっと。つい、ラブコメ展開に昂《たか》ぶってしまった。うっかりである。

「そうですか……。えっとですね、貴方《あなた》が何か悩んでいる様子だったのが気になって。……あと、私の練習にもなるかなって思って！」

ん？　前半はいいとして、後半はどういうことだ？

「君の練習？　それって……」

「聞いてくれますか!?　私の悩みを！」

俺の悩みを気にしていた話は、どこにいっちゃったのかな？

でも、とても綺麗《きれい》な顔がずずいと近づいてきちゃって、悩みを聞きたくなっちゃった。

「では、善は急げですね！」

急ぎすぎじゃない？　まだ、君の悩みを聞くって言ってないよ？

あ、これ、完全に聞く流れになってるね。半ば強制的に。

「このまま立ち話というのもあれですし、どこか落ち着いて話せる場所は……あ！　近くに公園がありましたね！　そこに移動して、話しましょう！　さ、早く早く！」

随分と乙女チックに、はしゃいでいらっしゃる。

なぜ、俺の悩みの話からこの子の悩みの話に切り替わっているのだろうと、ツッコミは入れたくなってしまうが、可愛《かわい》いから許そう。

これもまた、ラブコメ主人公の醍醐味《だいごみ》というものだろう。


というわけで、乙女チック少女と共に公園へと向かった俺は、二人でブランコに着席。

近くにベンチもあったのだが、なぜか本能が『ベンチは避けろ！』と訴えかけてきたので、ブランコにした。

まるで近い将来、俺がベンチによって凄《すさ》まじく不幸な未来へと誘《いざな》われるような悪寒《おかん》だったが、そんなことは有り得ないだろう。不幸な未来へ誘《いざな》うベンチなんて、この世に存在しないし。

「それで、どうしたのかな？」

「実は私……、人前で話すのがとても苦手なんです……。あの、すみません」

「あがり症ってこと？」

「はい。大勢の人の前で話すのが、どうしてもできなくて……」

ようするに、ステージとかに上がって話すのが苦手って話か。

「ですから、どうにか慣れるために、道端で知らない人に声をかけてみようと声をかけやすそうな人を探していて……。それで、見かけたのが貴方《あなた》だったんです。あの、すみません。突然話しかけちゃって……」

まぁ、俺の無害オーラは半端《はんぱ》ないからな。その気持ちは分からないでもない。

「そうなんだ。ところでさ、どうして人前で話せるようになりたいの？　別にできなくても、そこまで不自由するってことじゃないと思うけど？」

実際、俺も大人数の前で話せるかって聞かれると、難しいし。

合唱コンクールとかでみんなでステージに上がった時でさえ、結構緊張するしな。

あの視線が、全部自分一人に集められると思うと、ゾッとするよね。

「私……、兄と姉がいるんですけど、二人ともとても優秀な人なんです。姉は、高校で生徒会長をやっていますし、兄は大学に主席で入学していて……」

兄の大学主席はさておき、姉の生徒会長というのは何かあれだよね。

ついさっき、うちの生徒会長にやりこめられたから、何となく複雑な気持ちになるよね。

「ですから、私も二人に負けないよう頑張りたいんです！　私も、来年から高校生になりますし、まずは姉のように、生徒会長を目指してみようかなって！　ただ……」

あがり症をどうにか克服せんと、生徒会長になれないってことか。

まぁ、生徒会長となれば人前で話す機会は多々ある。

それどころか、立候補した時点で演説があるしな。今のままじゃ厳しいってことか。

「なるほどね。そういうことか……」

「あの、すみません。突然、こんな変な話をしてしまって……」

「いや、大丈夫だよ。っていうかさ……」

「な、なんでしょうか!?　あの、すみません！」

「君、謝りすぎじゃない？」

さっきから、『あの、すみません』、多いんだわ、この子。

「え!?　そ、そうですか？　あの、すみま……あっ！」

「ほらね。別に怒ってないしさ、そんなに謝らなくても大丈夫だよ」

「わ、分かりました！　もう、謝りません！　謝らない、謝らない、っと……」

そんな真面目に、メモを取らんでも大丈夫だぞ。

ただ、この子のあがり症の原因って……

「もしかしたらだけど、君って自分に自信がないんじゃないかな？　お兄さんとお姉さんがすごいのは分かったんだけど、逆にそれがあるから自分はダメって決めつけてるとか……」

「そ、そんな！　二人に比べたら、私は全然ですよ！　それに、事実二人にはできる人前で話すことが、私にはできないですし……」

やっぱりな。ひまわりは、謎の自信に満《み》ち溢《あふ》れているが、この子はその真逆。

自分に、自信が全くないタイプの女の子なんだ。

「なら、逆に質問だけど、お兄さんとお姉さんができなくて、君にできることってある？」

「そうですね……。あっ！　私、料理が得意なんですよ！　父と母が共働きで、兄と姉が学業に専念している間、私が家事を担当していたからなんですけど！　ですから、料理の腕でしたら、二人に負けません！」

どうやら、本当に料理に自信があるようだな。さっきと比べて、随分と胸を張っている。

それに、得意分野の話だからか、真《ま》っ直《す》ぐに俺を見つめてハキハキと話している。

ついさっきまで、ションボリ下を向いて話していた人物とは、とても思えない程に。

「やっぱりそうだよ。君は自分に自信がないんだ。だから、人前で話せるようになろうって、考えるんじゃなくて、自信のあることをみんなに教えてるって考えればいいんじゃないかな」

「なるほど！　自信を持つのではなく、自信のあることを教える。勉強になります！」

ちょっと変だけど、真面目な子だな。

一生懸命メモを取って、すっげぇキラキラした目で俺を見つめてくれちゃってるよ。

「貴方《あなた》と会えてよかったです！　まさか、こんな風に私の悩みを聞いてくれるなんて思っていなくて！　……あっ！　そういえば、貴方《あなた》も何か悩んでるんですよね？　でしたら、次は私が貴方《あなた》の話を聞きますよ！　さぁ、話して下さい！」

「え？　僕の悩み？　いや、でも……」

ぶっちゃけ、話したところで解決できるようなことじゃねぇんだよなぁ。

現時点で、ほぼ詰んでる案件だし。

「うぅ……。私に話すのは嫌ですか？」

そんな露骨に、涙目にならんでくれよ。

なんつーか、ひまわりとはタイプが違うけど、感情のままに行動する子だな。

「いや、話す！　話すよ！」

「わぁ！　良かったです！　それじゃあ、教えて下さい！　早く早く！」

自覚してるのかしてないのか分からんが、そんなギュッと手を握り締めないでくれ。

いくら鈍感純情ＢＯＹを演じてる俺とはいえ、結構恥ずかしいぞ。

「分かった。それじゃあ、僕の悩みだけどね――」

「なるほど。最終下校時刻を守らせるために、運動部だけ活動時間を三十分短縮させる。あくまでも、片づけなどの時間に当てるために……」

俺からの話を丁寧にメモをとり、ブツブツと言葉を漏らす少女。先程までの乙女チックに慌てふためいていた少女とは打って変わった、頼もしいオーラが溢《あふ》れていた。

「だから、僕としては運動部の活動時間を短縮させずにいたいんだけど、生徒会長の言い分が圧倒的に正しいからさ、友達に事情を説明して――」

「本当にそうなんでしょうか？」

「……え？」

「話を聞く限りだと生徒会長さんの言っていることは、正しく聞こえます。ですけど、本当にそれは全部正しいことなんですか？　その裏づけって取れていますか？」

「裏づけ？　それって、どういう……」

「ダメですよ、相手が言うことを何でも真に受けては。ちゃんと、本当のことを言っているか、確認しないと」

「……すみません」

「ふふっ。謝りすぎですよ」

「うっ！」

さっき言った、台詞《せりふ》をそのまま返された。

なんか、すっげぇ悔しい……。

「もう、謝らないからね」

「もう、謝らないで下さい」

嬉《うれ》しそうに微笑《ほほえ》む笑顔がやけに綺麗《きれい》で少しドキドキするが、今はよしとしよう。

「あのさ、どういうことか教えてもらってもいい？　生徒会長が言っていることが全部正しいわけじゃない？　なら、あの人は僕に嘘《うそ》をついてるってこと？」

「半分正解で、半分間違いです。生徒会長さんが全部正しいわけじゃないのは正解ですが、嘘《うそ》はついてはいないと思うんですよ」

「どういうことかな？」

「つまり、全ての運動部が、最終下校時刻を破っているとは限らないという話です」

「……あっ！」

「運動部の中には、最終下校時刻を守っている部活があるはずなんです。ただ、生徒会長さんとしては、全ての運動部にそれを守らせたい。そのために特定の部活だけ、活動時間を制限したら角が立つので、運動部という括《くく》りにしている可能性があるというわけです」

この子、実は結構すごくない？

俺、そんなこと、全然考えつかなかったんだけど……。

「なら、生徒会長を説得するためには……」

「調べないとダメでしょうね。最終下校時刻を守っている部活と、守っていない部活、それを全て調べて生徒会長さんに話をすれば……、もしかしたら、貴方《あなた》のお友達の部活は、活動時間を制限されないかもしれません！」

「君、すごいね！　全然、気づかなかったよ！」

「ふふっ。そう言ってもらえるのは嬉《うれ》しいですけど、喜ぶのはまだですよ。大事なのは、ここからですから」

「だよね！　……よし！　それじゃあ、明日は運動部を巡って、最終下校時刻を守ってるか、確認しないと！」

「そうですね！　一緒に、頑張りましょう！」

「はい？」

ちょっと待とうか。今の台詞《せりふ》、明らかにおかしいよね？

「一緒に？　いや、君は他校の生徒だし……」

「ここまで聞いたら、もう引き下がれません！　明日、私も貴方《あなた》の学校に行って一緒に調査をします！　……ほら、部活の調査に行くということは、大勢の人のところに行きますよね？　大勢の人の前で話すのとは少し違いますが、練習にもうってつけだと思うんですよ！」

なんだろう？　理にかなっているような、かなっていないような、ごり押し感。

いや、俺としても、一人で調べるより二人で調べたほうが心強いからいいんだけどさ……。

「うぅ……。それとも、私と一緒は迷惑ですか？」

だから、涙目になるのが早いっつーの！

「いや、全然迷惑じゃない！　迷惑じゃないよ！」

「わぁ！　よかったです！」

本当に、感情の起伏が激しい子だな。あっという間に、笑顔になったよ。

「ただ……君、大丈夫？　いきなり他校の生徒が来たら、結構っていうか、相当注目されちゃうと思うんだけど……」

「それこそ、願ったり叶《かな》ったりです！　私、注目された時の練習がしたいんで！」

まぁ、確かにその通りなんだけどね。

問題は、それにこの子が耐えられるか耐えられないかってところなわけで……。

ただ、それを伝えても納得はしてもらえないどころか、また落ち込まれるかもしれん。

というわけで、ここは素直に……

「なら、明日の放課後……、僕の学校の校門で合流ってことでいいかな？」

「そうしましょう！　何だか面白そうですね！　私、ワクワクしてきました！」

俺はちょっとドキドキしてるよ。主に、暴走しそうな君に。

「じゃあ……、また明日ですよ！　今日は失礼しますね！」

「あ、うん。また明日……」

話がまとまって満足したのか、少女は軽快な調子でブランコから降りると、足どりを弾ませて去っていった。

やけにウキウキした様子だったけど、大丈夫かな？

正直に言うと、結構嫌な予感がするんだよなぁ。

注目されてあがりまくる未来が見えるというか、なんというか……

※

翌日の放課後、校門前で昨日の少女と合流。

とりあえずまずは、入校許可証をもらいに事務所へと行きたいわけだが……

「はぁー！　はぁー！　はぁー！」

息遣いの荒さが、半端《はんぱ》ない。はぁはぁと息切れしている様子なら可愛《かわい》いのだが、伸ばし棒が一本入るだけであっという間に不安になるんだから困ったものだ。

案の定、俺の嫌な予感が見事に的中したな……。

「あのさ……、大丈夫？」

「しょ、小丈夫です！」

ダメっぽいね。本人なりに頑張ろうとしてるみたいではあるけど、聞いたことのない言葉が飛び出してきちゃってるね。

「ジョーロと一緒にいるあの子、誰だ？」

「他校の子だよね？　どうしてうちの学校に……」

「へぇ～。綺麗《きれい》な子だなぁ」

他校ってだけでも注目されるのに、おまけでこの子、美人さんだからな。

より一層、注目を集めてるよ。まぁ、本人に美人って自覚はなさそうだけど。

「な、なんで私、注目されてるんですか⁉　別に変なことはしてないのに！」

「多分、君が他校の生徒だからだと思うよ……」

「はっ！　言われてみれば確かに！　盲点でした！」

俺、昨日言ったよね？

君はあれか？　浮かれると人の話を聞かなくなるタイプか？

「どうしましょう⁉　折角、大勢の人に注目されても平気になれるよう練習にきたのに、こんな大勢の人に注目されちゃったら、練習にならないです！」

練習にしかならねぇよ。

大人しく、またとない好機を受け入れろや。

「ちょ、ちょっと離れないで下さい！　私、こんな注目されちゃうと……～～～っ！」

遠慮がちなのに、ガッシリと俺の制服をつままないでくれ。伸びる、制服が伸びる。

「一緒にいて下さいよ？　絶対、絶対、離れちゃダメですからね！　離れたら、もうひどいことしますからね！　後ろ指で刺しますからね！」

どんだけ鋭利なんだよ、君の後ろ指。せめて、指してくれ。

「分かってるって。それより、まずは事務室に行こうよ。君の入校許可証をもらわないといけないからさ」

「ひゃ、ひゃい！　あ、あと、できれば注目されないよう、目立たない変装を……そ、そうだ！　サングラスとマスクを用意すれば、目立たずに……」

ただの不審者が誕生するわ。もっと他の方法を模索して欲しいものである。


それから、二人で事務所へと向かい、少女の入校許可証を無事に取得したので、いよいよ調査を開始。まずは、俺にとって特に重要な、野球部のところへと向かっていた。

「よう！　ジョーロ！　待ってたぜ！」

「やぁ、サンちゃん」

いつもの熱血笑顔で、俺達を歓迎してくれるサンちゃん。

ユニフォームについた泥汚れは、練習の努力をそのまま表しているようだ。

「それで、俺に聞きたい話ってのはなんだ？　活動時間に関わる大事なことって聞いたんだけど……ってか、その子、大丈夫か？」

「うぅ……。どうしてこんなことに……。いえ、弱音を吐いていてはだめです！　これは練習！　これは練習！　頑張れ、私！」

もう少し、静かにする努力もしてほしいものである。

「でも、校門よりも人が減って、ここなら注目されませんし……うん、もう大丈夫そう！」

君の練習としては、ダメダメだけどね。

「ま、まぁ、気にしないでよ！　それより聞きたいんだけどさ、野球部っていつも練習をどのくらいで切り上げてる？」

「野球部の練習か？　そうだなぁ～。いつもは、最終下校時刻の十分前に終わらせてるぜ！」

さっそく、ダメな情報がきちゃったよ！

「そ、それだと片づけとかしてたら、最終下校時刻に間に合わなくない？」

「いや、大丈夫だぜ！　一年がその前に片づけを始めるからな！　だから、片づけとか着替えも含めて、最終下校時刻の十分前に終わらせてるって意味だ！」

セーフ！　あっぶねぇ！

ってことは、野球部は生徒会長が問題視している部活じゃねぇってことだ。

なら、最悪の場合でも、どうにかサンちゃん達だけは……

「で、片づけが終わった後は、先輩達と追加の練習をして帰るってわけだな！」

はい！　アウトォ！　結局、ダメだった！

「あ、あのさ、サンちゃん。ちなみにだけど、あくまで仮でね……、先輩達と一緒の練習時間を削ったら……困っちゃう？」

「当たり前だろ！　俺はできる限り沢山、野球の練習がしたいんだ！　貴重な時間を削られるわけにはいかないぜ！」

　君の貴重な時間が削られない代わりに、生徒会長の胃がゴリゴリ削られて、ストレスが蓄積されたんだけどね……。

「なるほど。野球部自体は破っていないけど、個人で破っている生徒がいる。なら、その対策としては……」

　少女は、人が減って注目されなくなって落ち着いたのか、サンちゃんの言葉を一生懸命メモに取り、ブツブツと何かを呟《つぶや》いている。

「なぁ、ジョーロ。それで、生徒会長のほうはどんな感じなんだ？　俺に話を聞きにきたってことは、何か目途が立ったのかなって思ったんだけどさ！」

　おおう、なんと純粋無垢《じゅんすいむく》な瞳だろうか。

　真実が伝えづらくて仕方がない。

「ま、まぁ、それなりにね……。い、一応聞くんだけど、今まで最終下校時刻をうっかり破っちゃって、生徒会長に注意されたことなんてのは……」

「生徒会長に注意？　いや、それは一度もないな！　そもそも、野球部はちゃんと最終下校時刻は守ってるし！　怒られる理由が、ないってわけだ！」

　怒られる理由さんが、熱血笑顔でいいサムズアップをしてる件については……触れてはいけないのかもしれない。肝心の第一歩から、盛大に躓《つまず》いたな……。

「注意されていない？　……ということは、生徒会長さんが注視しているのは、部活動であって、個人ではないということでしょうか？　あ、あの！　今の話、もう少し詳しく教えてもらってもいいですか？」

「おう！　構わないぜ！　何でも聞いてくれよ！」

「はい！　ありがとうございます！」

その後、少女はサンちゃんから詳しい野球部やサンちゃん個人の話を聞くと、真剣な様子でメモを取り、それが終わると満足気な様子で微笑《ほほえ》んだ。

「ふぅ！　やっぱり、注目されないのはいいですね！　集中して作業ができます！」

で、君本来の目的は、どこにいったのかな？


野球部で話を聞き終わった俺達が、次に向かった先はテニスコート。

そこで練習をしているひまわりに話を聞きにきたわけだが……

「ジョーロ！　その人、誰⁉　むー！」

何やら、開始早々不穏な空気を感じ取っている今日この頃だ。

俺達の存在に気づいて、こっちに来てくれたまではよかったのだが、どうにもご機嫌斜め。

誰が見ても分かるくらいに、俺と一緒にいる少女に対し敵対心を燃やしている。

「はい！　その、運動部の活動時間の調査について手伝いをさせてもらっている者です！」

「わたし、貴女《あなた》に聞いてないの！　ジョーロに聞いてるの！」

「あぅ！　す、すみません……」

くぅ〜！　なんだこの嬉《うれ》しいような困った状況は！

新たに現れた女に嫉妬する幼馴染《おさななじみ》！　まさに、超王道ラブコメ展開ではないか！

一度経験してみたかったんだよな、こういうの！

「ひまわり、どうしたの？　突然、そんな不機嫌に……」

「この人、なんかやだ！　いつかわたしの、すっごいライバルになりそうな気がするの！」

まじでぇ!?　それってつまり、この子も俺のラブコメ道に……こりゃ、たまりませんなぁ！

幼馴染《おさななじみ》の勘は、よく当たりまっせぇ！

「ジョーロ、なんで嬉《うれ》しそうなの！　わたし、怒ってるんだよ！　どーして、わたしの知らない女の子と一緒にいるの！」

「あ、ごめん！　その、今この子が言った通りなんだけど、運動部の活動時間について調べるのを手伝ってもらってるんだよ。もしかしたら、活動時間を短縮させずに済みそうだからさ」

「え！　ほんと!?　やったぁ！　じゃあ、これからもふつーに部活ができるんだね！」

喜んでくれるのは嬉《うれ》しいけど、早とちりしすぎだ。

まだ決定はしてない。あくまで、可能性があるだけだ。

「それはまだ分からないんだけど、まずは話を聞かせてもらってもいいかな？」

「うん！　いいよ！　わたし、何でも答えちゃうんだから！」

えっへんと、小さな体で胸を張るひまわり。

ただなぁ……、正直、この女こそ最も生徒会長の逆鱗《げきりん》に触れてそうな危険人物な気がしてならないんだよな……。

「あのさ、テニス部っていつもどのくらいで練習を切り上げてる？」

「んとね！　さいしゅーげこーのちょっと前に終わらせてるよ！　それで、みんなでお片づけして、一緒に帰るの！」

なぜだろう、この『ちょっと前』から漂う不穏な空気は……。

「なのに、せいとかいちょーさん、いつも注意しにくるんだよ！」

テニス部は、最終下校時刻を結構破っているのではないだろうか？

そうじゃなきゃ、そんな頻繁に注意をしには来ないと思うんだが……。

「今日も、さっき来たの！　視察だーって！　だから、わたし、『せいとかいちょーさん、しつこい』って、ビシッと言ってやったんだから！」

本当に君は、火に油を注ぐのがお上手なことで……。

「すみません。その、ちょっと前というのがどのくらいか、詳しく教えてもらえますか？」

「う？　どのくらい？　んとね、ちゃんとみんなで帰れるくらいだよ！」

「それの、正確な時間が知りたいのですが……」

「わかんない！　でも、だいじょーぶ！　ちゃんと帰れてるから！」

「そうですか……」

キャッチボールが暴投続きで、片方が困惑中だ。

それでも、一応丁寧にメモを取っているあたりは感心するが、中々前に進まない。

「あの、どうしたら……」

結果、少女は俺に救いを求める目を送ってくるのでした。ま、そうなりますよね。

「別の人に聞こうか……」

「ジョーロ！　その子とばっかりお話して、わたしとお話しないのずるい！　ちゃんとわたしともお話するの！　ずるいずるいずるい！」

幼馴染《おさななじみ》よ、その反応は嬉《うれ》しくもあるが、今はやめてくれ。

とりあえず、目的を達成するのが最優先事項なんだ。

「い、いやさ、色んな人から話を聞いて、それをまとめたものを生徒会長さんの所に持っていこうと思ってるからさ。だ、だから、ひまわりは落ち着いて。……ね？」

「え？　ジョーロ、今日もせいとかいちょーさんにお話に行くの？　じゃ、わたしもお手伝いするよ！　ビシッと言っちゃうんだから！」

いいえ、ややこしくなりそうなので、結構です。

※

「よし、それじゃあ行こうか。……準備はいい？」

「はい！　万全です！」

あれから、各部活動への調査を終えた俺達は、いよいよ本丸の生徒会室へ。

そこで待っているであろう生徒会長を今度こそ説得してみせようと、生徒会室の前にやってきていた。上手《うま》くいくといいんだけどなぁ〜。

「あの、大丈夫ですか？」

「あ！　ごめんね！　うん、平気だよ」

いかんいかん。俺がしっかりしてなきゃいけないのに、この調子じゃダメだよな。なら、気を取り直していくとしよう。

──というわけで、昨日と同様、生徒会室のドアを二回ノック。すると……

「どうぞ」

昨日と同様、凛《りん》とした声が生徒会室の中から聞こえてきた。

「失礼します」

中に入ると、今日も一人、生徒会長用の席にズッシリと身を構える生徒会長。他の役員は誰もいない。生徒会って、この人しかいないのか？　普通、他の役員もいるんじゃねぇの？

「彼らには、それぞれ各委員会や各部活動の調査を依頼しているんだよ、如月君《きさらぎ》」

「そうですか……」

こっちが何を考えているかお見通しってのは、何か嫌な気分だな……。

「それで、如月《きさらぎ》君が昨日に引き続きやってきたということは、つまり生徒会書記に就任してくれると思って――」

「運動部の活動時間の制限の件について話しに来ました」

「しつこい人というのは、嫌われるよ？」

やけに哀愁漂《ただよ》った声だな、生徒会長。

「諦めが悪いと言ってほしいですね」

「……はぁ、さすがに二日連続、同じ人物が来るというのはいささか気分がよくないものだよ。……それも、他校の生徒と一緒にというのは、ね」

まずいな。昨日は一回目だったからまだよかったが、二回目……しかも二日連続で俺が来たからか、機嫌が悪そうだ。こりゃ、相当ちゃんと話さないと、納得してもらえなそうだ。

「学校側の許可は取っていますよ」

「そんな当たり前のことを、自信あり気に言われても何とも思わないね」

生徒会長の鋭い視線が、俺と一緒にいる少女をとらえたので、少しだけ体をずらして少女を自分の後ろ側に隠した。

「ありがとうございます。……ですが、大丈夫ですよ」

優しく穏やかな、それでいて自信に溢《あふ》れた声が、背中から響《ひび》く。

注目されるのは苦手と言っていたが、こういう状況に関しては苦手ではないらしい。

「如月《きさらぎ》君、用件は手短に頼むよ。これでも、私はそれなりに多忙でね。あまり、君ばかりに構っている暇はないんだ」

「運動部の活動時間短縮を考え直してください」

「その続きを、早く聞かせてほしいと言っているんだよ」

前置きをする暇すらわずらわしいってか。

「分かりました」

なら、さっさとこっちの調査結果を元に、説得してやろうじゃねぇか。

「昨日、生徒会長は『運動部は、部活終了時間の設定を誤っているから、最終下校時刻までに帰れていない生徒が多い』って言ってましたよね？」

「ああ、その通りだよ」

「だけど、実際は違うんです。今日、僕達で全運動部の調査を行いましたが、実際に最終下校時刻を破っていた部活は、全部で三つ。……バスケ部、剣道部、サッカー部だけでした」

そう、意外なことにそれ以外の部活動は、きちんと最終下校時刻に間に合うように、片づけまで済ませていたのだ。つまり、乙女チック少女の予想通り、生徒会長は嘘《うそ》をついてはいなかったが、全てが正しいというわけではなかった。

「ほう……。そこまで調べ上げたか。少しだけ、君の評価が上がったよ」

あれ？　俺の予想だと、もっとうろたえるはずだったんだけど、全然余裕綽々《よゆうしゃくしゃく》の態度だぞ。むしろ、なんか感心した様子で、俺を見ているのだが……。

「――で、他の運動部は最終下校時刻を守っているのだから、その三つの運動部以外の活動時間を制限するのはやめてほしいとでも、私に言うつもりかな？」

言うつもりでした……。

いや、だってそうじゃん！　野球部やテニス部、それに他の運動部はちゃんと最終下校時刻を守ってるんだ！　だから、わざわざ短くする必要は……

「生憎《あいにく》だが如月《きさらぎ》君。そう言った話であれば、却下だよ。たとえ時間を守っている運動部があったとしても、破っている運動部もある。ようするに『運動部』という括《くく》りで考えた場合、結果として彼らは時間を破っていることになるのだから」

「ですけど、ちゃんと時間を守っているのに、短くされるなんて――」

「連帯責任というやつだよ、如月《きさらぎ》君。もし、先程君があげた三つの運動部が、きちんと時間を守るようであれば検討するが……、それについては昨日も話したよね？」

最短でも半年、最長なら一年間、きちんと時間を守っているところを見てからじゃないと、判断しないってやつか。……くそ、厄介だな。

「なるほど。こんな風に落ち着いて話せば、多少の横暴があっても相手を黙らせることができる。……ふむふむ。勉強になります！」

のん気にメモをとっとる場合か！

俺達が用意した作戦が、見事なまでに打ち砕かれたんだぞ！

そりゃ、この子の言う通り多少横暴なところはあるが、根本的に今回の話は、生徒会長が圧倒的に有利な状況で、マウントをばっちり取っている状態。

これを覆《くつがえ》すためには、確実に生徒会長を仕留められるようなことがねぇと……。

「すみません、生徒会長さん。少し、よろしいでしょうか？」

と、そこで、メモを取って満足したのか、少女が一歩前へと踏み出しそう言った。

何を話すつもりかね？　こっちの作戦は、もう失敗したんだが……。

「何かな？　先程も言った通り、あまり時間がないので——」

「私の質問に、嘘偽《うそいつわ》りなく、正直に答えて下さいね」

「……構わないよ」

生徒会長の言葉を遮り、笑顔でプレッシャーをかける少女。

対して生徒会長は、少しピリッとした様子だ。

「今しがた貴方《あなた》は、どこか一つの運動部でも時間を破っているのであれば、連帯責任で他の運動部も同様に活動時間を短縮すると仰《おっしゃ》いましたよね？」

「ああ、その通りだ」

「では、なぜそこに文化部は含まれていないのでしょう？　『運動部』ではなく、『部活動』という括《くく》りで考えると、そちらも含むべきではありませんか？」

「私だって、鬼ではない。できる限り、活動時間を短くする部活動は少なくしたいのさ。だから、部活動という括《くく》りの一つ下……運動部と文化部という括《くく》りで考えているんだよ」

だったら、もう一つ下まで見てくれたって……と言いたいところだが、言っても無駄だな。

さっきのやり取りを、また繰り返すだけだ。

「なるほど。それは素晴らしい考えです。……では、次の質問にいきますね」

「まだ続くのかい？　これ以上、話しても無駄だと――」

「文化部は全ての生徒が、最終下校時刻を守っているんですね？」

「…………」

生徒会室に凜《りん》と響く少女の声が、生徒会長を沈黙させる。

おいおい、もしかして、文化部でも破ってる部活動があるのか？

もし、そうだとしたら、その状況で運動部だけを活動時間短縮させるっていうなら……

「さ、さぁ、どうだったかな？　そこまでは調査をしていないから……、わ、分からないね」

これ、ぜってぇ破ってる文化部あるだろ！

さっきまでの圧倒的余裕の態度から一変、明らかに焦《あせ》った様子で視線を右往左往させる生徒会長。チラリと足を確認すると、貧乏ゆすりまでしている始末だ。

「分からない？　つまり貴方《あなた》は、文化部の活動時間、最終下校時刻を守っているか否《いな》かの確認もせずに、運動部だけ活動時間を短縮させようとしたのですか？」

いったぁぁぁぁ！　すっげぇ！　まじ、この子すっげぇ！

頼もしさがえげつないじゃん！

「そ、それは……」

「もしそうだとしたら、明らかな越権行為ですよ？」

「な、なら、文化部も調査して、破っている部活動があったら、文化部も同様に活動時間を短縮すればいいだけの話だろう！」

半ばやけくそになったのか、生徒会長の語気が強くなり、鋭い視線で少女を睨《にら》みつける。

だが少女は、まるで気にすることもなく、冷静な態度のままだ。

もしかして、これ、勝っちゃう流れなんじゃ……。

「それですと、全ての部活動の活動時間が短縮され、先程、貴方《あなた》が仰《おっしゃ》っていた『できる限り、活動時間を短くする部活動は少なくしたい』という発言と矛盾していると思うのですが？」

「ぐっ！　ぐぅぅ！　そ、その通りだ……」

勝ったぁ！　あれだけ鉄壁だと思ってたのに、あっという間に大逆転しちゃったよ！

いや、この子、ほんとにすげぇな！　マジで！

「くそっ！　なんなんだ、この子は……っ！」

少女から見事にやりこめられた生徒会長は、悔しそうに唸《うな》っている。

その間にチラリと少女の様子を確認すると、パチンと綺麗《きれい》なウインクを飛ばしてきた。

……やっぱ、美人だな。

「さて、そろそろまとめの時間に入りましょうか」

いよいよ、とどめの一撃を放つためか、少女は真《ま》っ直《す》ぐに生徒会長を見つめる。

そして──

「失礼します！　あの、俺、野球部の大賀太陽《おおがたいよう》ですけど、生徒会長に部活動の時間の件で、話があってきました！　他の野球部の奴《やつ》らも一緒です！」

「バレーボール部のキャプテンですが……生徒会長！　バレーボール部一同、やはり活動時間の短縮に関しては受け入れられず、直訴にきました！」

「柔道部の者ですが、どうか部活動の時間はこのままにして下さい！　お願いします！」

「テニス部の部長です！　もう一度、話をさせて下さい！」

こりゃ、すげぇ人数だな。一応、代表者だけが生徒会室に入ってきてはいるが、ちらりと外を確認すると、まぁいるわいるわ。大勢の運動部の生徒達が。

「ジョーロ、助太刀《すけだち》に来たぜ！　やっぱり、お前だけに任せるってのは、悪いしな！」

「ありがとう、サンちゃん」

しかも、来るタイミングが完璧だ。

今まさに勝負がつく瞬間なわけだが、俺と生徒会長、それにこの子だけだと、あとでやっぱりなしとか、生徒会長に言われかねないからね。

だけど、これだけ沢山の生徒がいれば、そのまま証人になってもらえるぞ！

さぁ、乙女チック少女よ！　ギャラリーは揃《そろ》った！

生徒会長に対して、とどめの一撃をぶっ放して……

「ほ、ほぉ～、ほぉわぁ～。あたたたた……」

どうして突然、ブルース・リーになっちゃったのかな？

って、まさか……

「たたた……大変です！　ひ、人が沢山！　ちゅ、注目が！　注目が集まっています！　注目指数、グングン上昇中です！　こまたたた……こまたぁ！」

『ほわたぁ』みたいに、『困った』って言わないでもらっていいですかね？

けど、やっぱりそうか。突如として押しかけた生徒達、それも全員ほぼ知らない相手。

その視線が今、生徒会室の中にいる生徒会長……、そして俺とこの子に注がれてるんだ。

これは参ったぞ。まさか、増援が逆に仇《あだ》となってしまうとは……

「ジョーロ、その子、大丈夫か？　なんか、やけに変なことに……」

「だ、大丈夫だから！　うん！　ほんと、大丈夫だから！」

「こまたぁ！　こぉ〜こまたたたたた！」

そんな君に、ぶっちぎりで困ってるのは俺って悟ってほしいです！

「これは、まさか……ふっ」

しかも、その弱点が生徒会長にバレたのではないでしょうか!?

「各部活動の代表諸君！　すまないが、今は彼らと話していてね。もうすぐ終わるから、そのまま待ってもらっても構わないかな？　これからそこの彼女が！　そこの彼女が！　私に、非常に重要なことを言うみたいだからね！」

はい！　確実にバレてまーす！

意図的に注目が、この子に集まるよう見事に仕向けてきちゃいました！

「ど、どうじまじょぉ〜……」

そして、少女はもう限界いっぱいいっぱいと言わんばかりに、俺の制服を小さく摘みながら、涙目でこっちを見つめてる。

「おや？　もしかして、話はもう終わりなのかな？　それだったら、如月《きさらぎ》君と二人で出ていってもらえないかい？　これから、彼らと大切な話があるのでね」

くそ！　あっという間に余裕を取り戻しやがって！

今、この状況で俺達が追い出されたら、確実に運動部の活動時間は短縮される。

こうなったら、俺がさっきこの子が言っていたことを生徒会長に伝えて……いや、違う。そうじゃねぇ……。そうじゃねぇんだ。

確かに、運動部の活動時間の件は俺にとって最優先事項だ。けど、ここで俺が解決しちまったら、この子が相談してきた『あがり症を治したい』という問題が残っちまう。

ここまで、世話になったんだ。

どれだけ追い詰められても、たとえどれだけ無謀に思えても……

「やると決めたらやる。それが俺のモットーだ」

「え？　お、俺？　さっきと少しだけ口調が――」

「ねぇ、ちょっといい？」

「ひゃっ！」

キョトンとする少女の言葉を無視して、俺は両手を肩の上に乗せた。少し力が強くなってしまったのか、少女の顔が少しだけ赤くなっている……が、今は気にするな。

あがり症を治す方法。周りを全員じゃがいもに思うとか、場数をこなして慣れるとかあるが、この子の場合は違う。この子の場合は……

「今から君がするのは、料理の話だよ」

「りょ、料理？」

「そう。君が得意な、君が誰にも負けない、自信がある料理の話さ。材料は生徒会長、器具は君が今までずっと取ってきたメモ」

「す、すごい料理ですね……ふふっ」

少しだけ余裕が生まれたのか、少女が小さく笑みをこぼす。

そう、この子は自分が自信のある、大好きなことなら、ちゃんと話すことができるんだ。

だって、そうだろ？　大好きなことをやる時ってのは、周りが気にならないくらいに無我夢中でやるもんだからな。

「でしょ？　とてもじゃないけど、僕にはできない。でもさ……、君ならできるよね？」

「……………」

俺からの投げかけに、少女はまだ不安なのか、静かに俯《うつむ》いて黙ってしまった。

だけど、それからほんの少しだけすると、力強く顔を上げて——

「はい！　任せて下さい！」

とても綺麗《きれい》な、満面の笑みを浮かべて、俺にそう言った。

「ふぅ……。お見苦しいところを見せてしまい、申し訳ありませんでした。生徒会長さん」

先程までのうろたえていた様子とは違う、凜《りん》とした佇《たたず》まい。

全身からあふれ出る自信。瞳からは弱々しさが消え、鋭い眼光が生徒会長をとらえている。

「い、いや……、大丈夫だよ」

対してまずいと思ったのか、生徒会長はどこか脅《おび》えた様子だ。

「では話を戻しますが、運動部の活動時間の短縮は行わないで下さい。仮にするとしても、それはあくまでも、最終下校時刻を守れていない部活動だけです」

「だから、それは――」

「先程と同じ話を、またしますか？」

「うっ！」

お見事だ。ここでもう一度あの話をされたら、生徒会長としては厄介極まりない。

なんせ、自分が『そのままいろ』と言った、大勢の運動部の生徒にその内容を聞かれるんだ。

そうなったら最悪の場合、生徒からの信用まで失うことになる。

「だ、だが、まだ問題は残っているぞ！　部活に専念するあまり、成績が芳《かんば》しくない生徒がいる！　その生徒のためにも活動時間は――」

「成績の悪い生徒は運動部に所属している人だけなのですか？　文化部に所属している人、部活に所属していない人の中には、成績の悪い生徒はいないのですか？」

「あっ！　それは、その……」

「さすがに、そこまでは知らないですよね。生徒の成績を知るなんて、プライバシーに深く関わるところを、いち生徒である貴方《あなた》が知りえるはずもないでしょう」

だよねー！　いくら生徒会長でも、全校生徒の成績を知るなんてことはできねぇよ。

もし、無理矢理にでも調べてたら、とんでもねぇ越権行為だし、大問題にもなる。

「…………分かったよ」

いよいよ観念したのか、生徒会長はドンヨリと頭を下げてそう言った。

よかった。これで、問題は全部解け――

「なら、全ての部活動……文化部も運動部も、どちらの活動時間も短縮する！」

「なっ！　貴方《あなた》は、何を……」

はぁぁぁぁ⁉　この生徒会長、いきなり何を言い出してんだ⁉

「ははは！　君がさっき言った通りだよ！　文化部も最終下校時刻を守っていない部活は存在する！　ならば全員、連帯責任だ！　つまり、全ての部活動の時間を短縮すれば、全ての問題は解決する！　連帯責任、連帯責任、連帯責任、連帯せきぬぃぃぃぃぃん‼」

生徒会長がぶっ壊れた！　完全にやけくそになって、暴走してやがる！

「ですが、それでは貴方《あなた》が言っていた『できる限り、活動時間を短くする部活動は少なくしたい』という発言と矛盾すると、さっきも……」

「いいや、矛盾しないさ！　なんせ、『できる限り』なんだからね！　私にとって最優先で考えるべきことは、最終下校時刻の厳守！　そして、生徒の成績向上だ！　そのために、部活動の活動時間の短縮が必要ならば、鬼にでもなるさ！　はははは！」

「まずいですね……。まさか、こんな手段に打って出るなんて……」

少女がうろたえた様子で、俺に対して視線を送る。

それはそうだろう。生徒会長が、まさかの強硬策に出たんだ。ここまでされちまったら、うちの学校の部外者であるこの子には生徒会長を止めることはできない。

ってていうか、なんでこの人は、ここまで運動部の活動時間を短くしたがるんだ？

まるで、本当の理由が何か別にあるような――

「ジョーロ！　せーとかいちょーさんとのお話、まだ終わらないの！　わたし、まちくたびれちゃったよ！」

と、そこで生徒会室に乱入してきたのは、我が幼馴染《おさななじみ》のひまわりだ。

あ～、こいつも来てたのか……。まぁ、テニス部の部長さんが来てて、ひまわりが来てないってのはないよなぁ。なんっつーか、話がややこしくなりそうな気しかしないけど。

「ひまわり。今は生徒会長と大事な話をしてるからさ！　一度、落ち着いて――」

「やだ！　わたし、待ちくたびれたの！　疲れた疲れた疲れた！」

本当に疲れてる人は、そんなに地団駄《じだんだ》を踏みません。

厄介な事態に加えて、面倒な事態まで起きるとは、ほんと解決の目途が……

「ひ、ひまわりさん！　君も来ていたのか！」

おや？　何やらやけにうわずった声が聞こえてきたのだが……。

今の声って……、うん、やっぱり。今まさに強硬策に出ようとしていた………生徒会長だ。

「う？　なーに、せいとかいちょーさん？」

「い、いや！　別に用があったわけではないんだ！　ただ、君も来ていたのかと思ってね！

そ、そうかぁ！　君も来ていたのか！　あは、あははははは！」

顔を赤く染め、視線もおぼつかない様子の生徒会長。

うん。ちょっと待とうか……。

一度、今日と昨日にあった、出来事を思い出してみよう。

まず、サンちゃんとひまわりから運動部の活動時間の短縮について相談された。

そして、俺が生徒会長へ直訴にいったが見事返り討ち。ただ、やけに気に入られて、我が校で美少女と評判のひまわりの幼馴染である俺を、生徒会に書記として迎え入れようとした。

そして今日、最終下校時刻をたまに破っているサンちゃんは、一度も生徒会長が注意しに来ないと言っていたのに対して、最終下校時刻をしっかりと守っているひまわりは、やけに生徒会長が注意をしに来ると言っていた。

極めつけは成績の件。うちの学校の運動部で、いつもテストの時に俺から勉強を教わることでどうにかギリギリ赤点を免《まぬが》れているのは……

「どーしたの、ジョーロ？　そんなにジッと、わたしを見て」

我が幼馴染《おさななじみ》。ひまわりこと、日向葵《ひなたあおい》である。

あのさ、つまりこの話って……

「ひまわり、ちょっとここで待っててね」

「ジョーロ、わたし、待ちくたびれてるの！　だから——」

「クリームパン、買ってあげるから」

「分かった！　わたし、待ってるね！」

素直でよろしい。では、まずは生徒会長へと近づいてっと……

「な、何かな？　如月《きさらぎ》君？」

額から汗をダバダバと流しながら、俺が近づいてきたことに警戒する生徒会長。

そんな生徒会長に対して、俺は誰にも聞こえない小さな声で……

「貴方《あなた》、ひまわりと会う口実、作ってません？」

淡々と、そう伝えさせてもらった。

「ち、ちちちち、違うぞ！　別に私は、部活の活動時間を短くすれば、生徒会が終わる時間とテニス部が終わる時間がそろうから偶然を装《よそお》って一緒に帰れるなーとか、あわよくば仲良くなってテスト前に勉強を教えられるなーとか、如月《きさらぎ》君を書記として迎え入れれば、ひまわりさんとの繋《つな》がりが得られるなー、なんてことは全然！　全然！　もう、ずぇんずぇん！」

大変素直でよろしい。

やっぱり、そうだ。この生徒会長は、ひまわりと仲良くなりたかったんだ。

だから、アレコレと真っ当っぽい理由をつけて口実を作っていた。

そのために、運動部全ての活動時間を短縮しようとするとか……、とんでもなく、私利私欲にまみれた奴《やつ》じゃねぇかよ……。

「き、如月君《きさらぎ》、まさか君は……っ！」

うろたえた視線から恐怖の視線へと変わった生徒会長。

そんな生徒会長に対して、俺は優しく満面の笑みを浮かべると、

「バラされたくなかったら、運動部の活動時間は、このままでお願いしますね」

「……はい。分かりました」

こうして、我が校で起きた小さな事件は、解決に至ったのであった。

※

無事、生徒会長の説得に成功した俺は、乙女チック少女と共に下校。

今は二人仲良く、昨日も一緒に話していた公園のブランコに座っている。

「今日はありがとね。君のおかげで、本当に助かったよ」

「いえ！　そんな！　最後に解決したのは、貴方《あなた》の力ですし……」

「そうかもしれないけどさ、あそこまで僕がいけたのは、君が生徒会長をキチンとやっつけてくれたからだよ。そうじゃなかったら、運動部の活動時間は短縮されてた」

「そ、そんな……」

俺に褒められて恥ずかしかったのか、少女は頬を朱色《あかね》に染める。

「それに、もう君の悩みのほうも、大丈夫そうだね？」

「は、はい！　もう、大丈夫です！　注目されても、大好きな、自信のあることを話してると思う！　そうすれば、全然回りの視線なんて気になりませんでした！」

夕焼けに染まる少女の笑顔には、達成感が溢《あふ》れ、初めて出会った時の弱々しさはどこにも見当たらなくなっていた。……きっと、自信が持てたんだな。

「本当に今日は、とても勉強になりました！　この経験を活《い》かして、高校生になったら立派な生徒会長になってみせます！」

グッと両拳を握り締めて、やる気をアピールする少女。

きっとこの子なら、良《い》い生徒会長になれるだろうな。厳しいけど優しい、そんな生徒会長に。

「うん、頑張ってね。僕も応援してるよ」

「はい！　応援されます！　……あ！　そうじゃありませんでした！」

ん？　どうしたんだ？　何か真剣に考え込む表情をしているが……、

「……こほん。……うん、ありがとう！　その応援に応えられるよう、頑張るよ！」

「はい？」

何か突然、口調が変わったんだがどうした？

「どうしたの？　その喋《しゃべ》り方《かた》？」

「い、いや、あの、その！」

あっという間にうろたえだしたが、大丈夫か？

恥ずかしがっているのか、今日一日、ずっとメモをとっていたノートを団扇《うちわ》代わりに使って、顔をあおいでるし。

「きょ、今日、そちらの生徒会長さんと話していて思ったのですが、やはり生徒会長というのは、威厳が必要だと思ったんです！　それで、あの生徒会長さんの喋《しゃべ》り方《かた》は威厳に溢《あふ》れていて参考になったので、私も、まずは喋《しゃべ》り方《かた》を変えてみようかなと！　……うぅ、恥ずかしい」

なるほどな。ようするに、俺と同じことをするってわけか。

……いや、この子は別に性格を偽るつもりはないんだから、そこまでではないな。

プチ俺と同じことって感じだ。

「そっか。……うん、君ならきっとできるよ」

「そ、そうですか!?　……あ！　こほん。……そうかな？」

「もちろん」

口調を切り替えるたびにする咳払《せきばら》いを見ていると、少し面白くなってしまう。

俺も本性をうっかり漏らしちゃった時は、ついつい咳払《せきばら》いでごまかしちまうんだよな。

っていうか、この子って来年から高校生になるってことは、今は中学三年生だよな？

つまり…………中学二年生の俺より年上なんだよな……。

最初に向こうが敬語で話しかけてきたのと、なんか妙に甘えられるから、ついついタメ語で話してたけど、実は結構失礼なことをしてたかな？

いや、あまり気にした様子はないし、大丈夫か。

「よーし！　なら、この喋《しゃべ》り方《かた》を自分のものにできるよう、頑張ります！　それで、みんなに頼られ慕《した》ってもらえる人物を目指して、邁進《まいしん》あるのみです！」

「そうですね。貴女《あなた》ならできますよ」

「なぜ、突然敬語になったんですか？　私としては、先程のままのほうが……」

敬語にしたら、むしろ不満そうな顔をされた。

やっぱり気にしてなかったか。つか、俺が年下ってことにすら気づいているか怪しい。

「なら、やっぱり、こっちの喋《しゃべ》り方《かた》で」

「はい！　そうして下さい！　私も、今だけはこれまで通りに話しますから！」

長い髪を優雅になびかせ、無垢《むく》な笑みを浮かべる少女。

その笑顔は本当に綺麗《きれい》で、思わず俺は目を逸《そ》らしてしまった。

「あ！　そういえば！」

と、そこで何かを思い出したのか、少女がキラキラとした瞳で俺を見つめてきた。

「ずっと忘れていたんですけど、私の自己紹介をしていなかったですね！　つい貴方《あなた》が話しやすくて、失念してしまっていました！」

そういえば、そうだった。

俺もやけに話しやすいから、自分の紹介をすっかり忘れてたわ。

「『春夏秋冬』の『秋』に、『野原』の『野』、花の『桜』で、秋野桜《あきのさくら》！　それが、私の名前です！　特技は料理！　第一志望は私立西木蔦《にしきづた》高校で、今は中学三年生です！」

へぇ、そんな名前なのか。

っていうか、『秋野桜《あきのさくら》』だったら……

「……コスモス、か」

「コスモス？　なんですか、それ？」

「いや、君の名前を省略したら『秋桜』になるでしょ？　だから、『秋桜《コスモス》』かなって」

「それは、私につけてくれたあだ名ですか⁉」

「う、うん。まぁ……」

「わぁ～！　すごく嬉《うれ》しいです！　それに、とても可愛《かわい》い！　うん！　今日から私はコスモス！　コスモスです！」

特にあだ名をつけたつもりはなかったんだが、本人が気に入ってくれたならよしとするか。

それに、この子が今日ずっとメモに使っていた、ピンク色のノートともマッチするしな。

「今日は本当にありがとうございます！　またいつか、どこかで会ったら、その時は必ず、私が貴方《あなた》の力になります！　……いえ、もしかしたら、私が甘えてしまうかもしれませんね！

また変な相談をしてしまうかも！　ふふっ！」

「ははっ。どっちも大歓迎だよ」

珍しく、素直に心からの言葉が口から出た。

それぐらい、この子……いや、コスモスの笑顔が魅力的だったんだ。

「じゃあ、私はこれで失礼しますね！　家の門限がありますから！」

「うん。本当に今日はありがとう。……じゃあね」

「よーし！　今日からこの喋《しゃべ》り方《かた》を自分のものにしてみせるぞ！　次の練習は、学校の皆にこっちの口調で話しかけることだ！　頑張るぞぉ〜！」

コスモスは、軽快にブランコから下りると、新しく身につけようとしている口調で独り言を喋《しゃべ》りながら、足どりを弾ませて公園から去っていった。

……あ。っていうか、俺の自己紹介をし忘れたな……。

まぁ、いいか。どうせもう会うことはないだろうし。一期《いちご》一会《いちえ》ってやつだ。

しかし、うちの中学……あんな煩悩《ぼんのう》にまみれた男が生徒会長で大丈夫か？

どうせなら高校では、コスモスみたいな、美人でしっかりした奴《やつ》が生徒会長になってくれると助かるんだけどな。そしたら俺も書記に……なんてな。

とりあえず、俺も帰るとするかぁ。

「……西木蔦《にしきづた》高校って、偏差値、どんくらい必要なのかな？」

※

——高校二年生　一学期。

放課後、今日は珍しくパンジーに予定があるということなので、いつもの図書室通いはなし。

だから、さっさと家に帰ろうとしたのだが、その途中で……

「ジョーロくぅ～ん！　どぉぉぉおじよぉぉぉぉ!!」

半べそをかいている生徒会長のコスモスに、捕まった。

「……どうしたんですか、コスモス会長？」

「その、今日は生徒会で各部活動が終了時間を守っているか確認する予定だったんだが、他の役員が皆、予定があって……、私しかいないんだ……」

「それは大変ですね。じゃあ、俺はそろそろ……」

「あぅ！　あの、その……、ジョーロ君……」

分かってるよ。俺に付き合えって言いてぇんだろ？

けど、俺はもう生徒会書記をやめてるし、たまには早く家に帰って勉強したいし……

「一人は寂しいなぁ～……。誰か一緒にいてほしいなぁ～」

誰かと言いつつ、個人を指定して人の制服をムンズとつかむのはやめてほしい。

ほんと、こいつっていつもは冷静で誰よりも頼れるくせに、変な時にポンコツになるから厄介だよ。しかも、その場合大抵俺が巻き込まれるし……。

「……よかったら、俺が手伝いましょうか？」

「本当かい⁉　わぁ～！　ありがとう、ジョーロ君！」

くそっ。無自覚だろうが、可愛《かわい》く笑いやがって……。

——というわけで、放課後の帰宅前に俺はコスモスと部活巡りをするハメになった。

一人じゃなくなったからか、隣を歩くコスモスはやけに上機嫌に微笑《ほほえ》んでいる。

「ふふっ。こうして部活の活動時間を確認していると、思い出すなぁ～」

「思い出すって、何をですか？」

「私に、『コスモス』というあだ名をつけてくれた男の子との思い出さ！」

ウキウキと瞳を輝かせ、俺に話すコスモス。

こいつにとって、その思い出がとても大切なことなのが、よく伝わってきた。

「へぇ～。そんな人がいるんですね」

「あ、うん……」

俺の返答が気に入らなかったのか、どこかションボリとコスモスが落ち込んだ。

「……仕方ないよね」

どこか哀愁漂う様子で、俯《うつむ》いたまま呟《つぶや》かれるコスモスの言葉。

ただ、それは一瞬で、顔を上げるとコスモスはいつもの明るい笑顔をしていた。

「まったく、ひどい男の子だったんだよ！　私のほうが年上なのに、初対面から敬語ではなく友人口調で話してきてね！　私はちゃんと敬語で話していたのに！　あんな乱雑な人は、きっと私のことなんて忘れてしまっているんだろうね！」

むしろ、別のスイッチでも入ったのか、やけに不貞腐《ふてくさ》れた様子で愚痴をこぼし始めている。

ただ、その様子を見ていると、おかしくもなってくる。

「忘れてないんじゃないですかね？」

「いいや、間違いなく忘れているね！　彼にとって、私なんて所詮——」

「沢山の人に注目されても、もう大丈夫になったんですね」

「……え？」

俺からの予想外の言葉に、コスモスが目を丸くした。

ほんと、冷静なように見えても、感情が素直に出る奴《やつ》だよな。

「……お、覚えていてくれたのかい？」

「さて？　何の話ですかね？　俺はちゃんと敬語が使える、ひどくない男の子なので」

「あ！　さっきの！　ひ、ひどいぞ、ジョーロ君！」

ムスッと頬を膨らませて、子供みたいに怒るコスモス。

ほんと、こういうところは、あの時と何にも変わってねぇよな。

「そりゃ、どーもすみませんね」

「むー！　反省が伝わってこないよ！」

へそを曲げたのか、プイとそっぽを向いてしまった。

「そんな怒らないで下さいよ、コスモス会長。反省してますから」

話しかけても、完全に無反応。

やべ……、からかいすぎたかな？

「すみませんって。本当に反省を――」

「ふふっ。謝りすぎですよ」

「うっ！」

……やられた。つか、この台詞《せりふ》ってあの時の……。

なんか、すっげぇ悔しい……。

「もう、謝らねぇからな」

「もう、謝らないで下さい」

最後にそんなやり取りをして、俺とコスモスは二人で、各部活動の終了時間調査へと向かったのであった。

一緒にいる間のコスモスは、いつもと比べるとやけに子供っぽくて、俺もあの時の……中学時代の自分に戻っているような気持ちになり、楽しかった。

第三章

俺は絶対に食べない

「なぜ、食べないのかしら？」

　高校二年、一学期のとある昼休み。

　図書室の読書スペースで、不満を漏らす三つ編み眼鏡が一匹。

　その手には、俺の口に無理矢理にでも押し込もうとしているクッキーが一枚確認できる。

「てめぇの施しなんざ、うけたくねぇからだ」

「……ひどいわ。折角、ジョーロ君に食べてもらいたくて焼いてきているのに……」

　クッキーを引っ込めて、しょんぼりと落ち込んだ態度。

　一般的な観点で見れば、女の子がわざわざ自分のためにクッキーを用意してくれたにもかかわらず、粗暴な態度で断るなんてのはよろしくないことであろう。

　だが、この女が相手となると、それは変わってくる。

　なんせ、俺はこいつに脅《おど》されて、図書室へと無理矢理来させられているのだから……。

　学校内で、鈍感純情BOYを演じ、美少女の幼《おさな》馴染《じみ》&生徒会長とキャッキャウフフなラブコメを目論《もくろ》んでいた俺だが、まさかの事態が発生。

　なんと、幼《おさな》馴染《じみ》、生徒会長そろって、野球部のエースである俺の親友が好きだという珍事態が発生したのだ。加えて、その恋路を叶《かな》える手伝いまで依頼された。

ここまででも、十分にやさぐれる要因が揃《そろ》っているというのに、そこに加えてこの女……パンジーこと三色院菫子《さんしょくいんすみれこ》のご登場だ。

三つ編み眼鏡に、くるぶし程度しか見えないほどのロングスカート。

まさに、昭和の使者。しかも、恐ろしいほどに性格が悪い。

口を開けば、俺への毒舌、罵詈雑言《ばりぞうごん》の連続。加えて、体の半分が傍若無人《ぼうじやくぶじん》でできているのか、とんでもないわがまま女。自分の希望を叶《かな》えるためには、どんな手段も辞さない悪魔だ。

正直、俺の性格にも問題はあるが、それが可愛《かわい》く見えるほどに大問題な性格。

だからこそ、俺の高校生活に於《お》いて、できる限り交流をしないようにしていたというのに、なんとこの女……俺が好きだと言うじゃないか。

しかも、偽《いつわ》りの鈍感純情ＢＯＹではなく、本当のクソ野郎のほうの俺を。

「人を脅す女のほうが、遥《はる》かにひどいと思うが？」

「失礼ね、私は脅してなんていないわ。ちょっとお願いをしただけよ」

「ほう、お願い、と？」

「ええ。大好きなジョーロ君と一緒にお昼休みを過ごしたいから、図書室に来てほしいとお願いしているだけじゃない？」

「なら、そのお願いを俺が拒否した場合、どうなる？」

「悲しみのあまり、少し大きな声でジョーロ君の秘密を嘆《なげ》くことになるわ」

「それが脅しだって言ってんだよ！　大体、なんでてめぇは俺の本性とか、ひまわりとコスモスの恋路を手伝ってることとか、知ってんだよ!?」

「日々の努力《ストーキング》の賜物《たまもの》よ」

『努力』の振り仮名がバグってやがる……。

「いいじゃない。私だって、ジョーロ君のお手伝いをしているのだから」

「手伝いだぁ？　てめぇはロクなことを──」

「大賀《おおが》君に好きな人がいるか、確認してみたらどうかと助言したわ」

「うっ！」

くそ、余計なことを……。

非常に悔しいのだが、この件に関してのみ、パンジーが言っていることが正しい。

俺は、幼馴染《ひまわり》と生徒会長《コスモス》の想い人《おもいびと》である大賀《おおが》太陽《たいよう》……サンちゃんに好きな人がいるかどうかなんてまるで考えず、二人どちらかの恋路を叶《かな》えればいいと思っていた。

だが、サンちゃんに好きな人がいるかどうかで、俺の行動はグッと変わってくる。

それに気づかせてくれたのは……、間違いなくパンジー。

だからこそ、この昼休みが終わった後の体育の授業で、サンちゃんから好きな人の存在の有無を確認するつもりではあるのだが……なぜだろう？

現時点で、とてつもなく最悪な事態が発生する予感がしてならないのは……。

「目先のことばかりにとらわれている、お猿さんのジョーロ君に助言をしてあげたのよ？」

俺の不安などまるでおかまいなしにぶちかまされる毒舌に、腹が立って仕方がない。

しかも、無駄にドヤ顔である。

「その点にのみ、感謝してやるよ」

「そう言ってくれて嬉《うれ》しいわ。なら、私へのご褒美《ほうび》として焼いてきたクッキーを――」

「生徒会の図書室視察を、俺がやることで手を打ったはずだが？」

「けちんぼね」

なにが、けちんぼか。

とにかく、パンジーのクッキーだけは絶対に食わん。美味《うま》いか不味《まず》いかは分からんが、『食った』という事実が、こいつを調子に乗らせること間違い無しだからだ。

「はぁ……。マジで最悪だ」

ヒロインだと信じていた女の子達の恋路のサポート。地味毒舌ストーカー眼鏡の脅迫。

一年の頃は順風満帆だったはずの高校生活が、二年になってから一気に闇《やみ》に染まった。

「そうかしら？　私はとても楽しいわよ。それに、こうしていると少し思い出すもの」

「思い出す？　何をだよ？」

「ジョーロ君と私が、初めて協力して解決した事件のことよ」

「ああ。アレか……」

「あら、記憶力に重大な欠陥がある貴方《あなた》がちゃんと覚えているなんて嬉《うれ》しいわ。よっぽど、私と一緒に過ごせたのが嬉《うれ》しかったのね。いやん、恥ずかしいわ」

「ちげぇよ！　結構なインパクトがあったから、普通に覚えてただけだ！　そもそも、あの時は一緒に過ごしたんじゃなくて、てめぇが勝手についてきただけだろうが！」

「そんなことないわ。私の記憶だと、ジョーロ君が『今から君が、僕のハニーだ』と言って、無理矢理つれていった気がしているもの」

「気のせい以外の何者でもねぇよ！」

「それじゃあ、ちゃんと覚えていてくれたご褒美《ほうび》に、私の焼いてきたクッキーを――」

「ぜってぇ、食わん」

「……いじわる」

上機嫌になったと思ったら、またすぐに不貞腐《ふてくさ》れた。

つか、こいつはなんでここまで、俺にクッキーを食わせようとしてんだ？

ほんと、あの時……去年の十一月の頃から、このパンジーって女は、訳が分からねぇことだらけだよ……。


…………

…………

……


──一年前、十一月。

「おっはよー！　諸君！」

朝、教室に入ると同時に鳴り響く、我が幼馴染《おさななじみ》……日向葵《ひまわり》の元気な声。

対して、その真後ろにいる俺はと言うと……

「ぜぇ……、ぜぇ……」

朝の恒例行事、ひまわりの登校全力ダッシュにつき合わされ、息も絶え絶えだ。

どれだけ自分の性格を偽ろうが、体力までは偽れないので、ある意味俺が最も素直な時間は今この瞬間とも言えるだろう──と言っても、誰かに話しかけられたら、偽りの鈍感純情BOYとして対応することには何も変わらないのだが。

とりあえず、ひまわりは元気にクラスメートと話しにいったし、俺は体力回復のために自分の席でゆっくり休もう。

「おはようございます、ジョーロ！　相変わらず、朝はバテバテですねぇ」

「あすなろ。おはよ」

「はい！　おはようございます！」

一度挨拶をしたんだから、別に繰り返さんでもよかろうに。

今日も元気にポニーテールを揺らして素朴な笑顔を披露する、新聞部の敏腕部員、羽立桧菜《あすなろ》。

感情が高まると津軽弁《つがるべん》になり、自分が津軽弁《つがるべん》を使ってしまったことを恥じらう姿が、これまた可愛《かわい》らしいのだが……、いかんせん俺の演じているキャラでそれを引き出すのは難しい。

「おっす、ジョーロ！　今日も元気そうだな！」

「サンちゃん……、僕のこの状態を見て『元気そう』って言うのは、無理があると思うよ」

「そんなことないさ！　これこそ、朝の俺の親友！　って感じだぜ！」

続いてやってきたのは、親友の大賀太陽《サンちゃん》だ。

野球部の朝練が終わった直後だからか、僅かに体が火照《ほて》っている。

「あすなろも、おはようだぜ！」

「はい！　サンちゃんは今日も、元気そうなオーラが溢《あふ》れていますね！」

「だろ？　ほとばしる俺の野球への想いは、留まることをしらないからな！」

席に座る俺の正面にあすなろ、その隣にサンちゃん。

うちのクラスでも、朝から元気がある四天王のうち、二人が勢揃《せいぞろ》いだ。

「ジョーロ、サンちゃん、あすなろちゃん！　三人でお話してずるい！　わたしも混ぜて！」

続いて、四天王の三人目、ひまわりも会話に参戦。

ついさっきまで、別の奴《やつ》と話していたというのに、何をそんなに慌てているのやら。

「わたし、こっこー！」

「わ！　ひまわり、急に押さないで下さいよ！」

「えへへ！　だって、ここがよかったんだもん！」

「まったく、ひまわりは……」

サンちゃんとあすなろの間に体を割り込ませ、俺の正面をキープするひまわり。

僅かに押しのけられる形になったあすなろが、不満そうな表情をしている。

やれやれ。他の女の子が正面にいるだけで嫉妬をするなんて、仕方のない幼馴染《おさななじみ》だ。

いつでも告白してくれていいぞ。ＯＫする準備は万端だ。──なんつってぇ！

「そういえばお三方は、最近うちの学校で少し流行《はや》っている噂《うわさ》についてはご存知ですか？」

「うわさぁ？　どんなの？　わたし、知らない！」

俺もひまわりと同じだ。

ぶっちゃけ、自分のラブコメ道を邁進《まいしん》するのに忙しくて、噂《うわさ》とかあんま気にしたことがない。

「どうもここ最近、放課後になると、一人の他校の女子生徒がうちの学校に忍び込んでいるみたいなんですよ！　しかも、その目的というのが……」

「目的というのが？」

「浮気《うわき》をしている彼氏の、浮気相手《うわきあいて》が誰かを調べているという話みたいなんです！」

「あ！　その話なら、俺も聞いたことがあるぜ！　なんでも、すごい形相で『絶対に見つけ出す！』っていいながら、学校内を調べまわってるらしいな！」

てっきり可愛《かわい》らしく恋焦《こいこ》がれる乙女の話かと思ったのに、随分と物騒な話だな。

わざわざ浮気相手《うわきあいて》を探すためとはいえ、学校に不法侵入はダメだろ……。

「おーい！　お前ら、何の話してるんだぁ？」

と、そこでひまわりに匹敵する賑《にぎ》やかな声の男子が一人、俺達の下へ。

おいおい、まさか朝から元気がある四天王勢揃《せいぞろ》いとは……。

「お、穴江《あなえ》か！　今は、うちの学校でちょっと流行《はや》ってる噂《うわさ》について話してるところだぜ！」

「噂《うわさ》⁉　何だか面白そうな話の予感がするぅ〜！」

やってきたのは、坊主頭《ぼうずあたま》がよく似合う、タレ目の男……サンちゃんと同じ野球部に所属する穴江遊馬《あなえゆうま》だ。性格は、まぁ今の時点でも十分伝わったかもしれないが、お調子者。

うちのクラスの男子で、一番賑《にぎ》やかな奴《やつ》が誰かと聞かれたら、間違いなく穴江《あなえ》の名前が挙がるだろう。野球部イチの俊足で、守備位置はファースト。

だが、その俊足を生かして、センターを守ってみたらどうだという話も野球部内であがっているようなので、来年からは守備位置が変わっているかもしれない。

「なぁ、ジョーロ！　どんな噂《うわさ》なんだ？　俺にも教えてくれよぉ〜！」

「なんか、他校の女の子がうちの学校に来て、彼氏の浮気相手《うわきあいて》を探してるらしいよ」

「うひゃっ！　それは物騒な話じゃないか！　ならば仕方がない！　その子の怒りをおさめるためにも、俺が新しい彼氏として立候補を……」

「穴江《あなえ》はそんなことを言っているから、いつまで経《た》っても彼女ができないんですよ……」

「はぅ！　ひどいぞ、あすなろ！　別に俺だって……」

「穴江《あなえ》、だいじょぶだよ！　穴江《あなえ》のこと好きになってくれる子、きっといるよ！」

「だ、だよな、ひまわり！　俺にだって彼女くらい――」

「うん！　ちきゅーはひろいもん！」

「……………あ、その規模ですか……」

一刀両断とは、まさにこのこと。穴江《あなえ》のやつ、見事なまでに意気消沈してるじゃねぇか。

「うぅ……。なら、その噂《うわさ》の男は誰なんだよ？　サンちゃんかジョーロなのか？」

なんで、俺かサンちゃんになるんだっつーの。

生憎《あいにく》と俺には彼女はいないし、サンちゃんだって……サンちゃんって、どうなんだ？

「ジョーロ！　どういうこと⁉」

「うわっ！　いきなり怒鳴らないでよ、ひまわり。ち、違うよ！　僕じゃないよ！」

穴江《あなえ》の適当な発言が飛び火して、ひまわりがいきなり怒鳴ってきたじゃねぇか。

我が幼馴染《おさななじみ》よ。俺に彼女がいると思って怒鳴るなんて……くぅ～！

これこそ、ラブコメディの醍醐味《だいごみ》ですな！　では、通例に従って……

「あ、穴江《あなえ》！　いきなり、変なこと言わないでよ！」

しっかりと、慌てふためかせていただきましょう！

「え〜。けど、ジョーロは誰とでも仲がいいし、サンちゃんは野球部のエースで、女子からすっげぇ人気があるだろ？　だから、二人のどっちかかなぁって……」

「その話、わたし、聞いてない！　詳しく教えて！」

「だから、僕じゃないって……」

「そんなのどーでもいいの！　違うなら違うって、ちゃんと言って！」

ちゃんと『違う』と言ったのに、怒られた。

相変わらず、ひまわり理論は訳が分からんな……。

「ひまわり、大丈夫ですよ。ジョーロにもサンちゃんにも、恋人がいるなんて話は聞いたことがありませんし、もしあったとしたら、間違いなく私がその情報を仕入れていますから！」

さすが、敏腕新聞部員。うちの学校の恋愛事情は、ほぼ全て網羅していると以前に言っていたが、アレは本当っぽいな……。

「ははっ！　そうだぜ、ひまわり！　俺は…………野球ひとすじだしな！」

ん？　何やら、言葉に微妙な間があったような……。気のせいか？

「そっかぁ！　じゃ、だいじょぶだね！」

俺の言葉はダメだったが、サンちゃんとあすなろの言葉は信用度が高いらしく、ひまわりがパッと明るい笑みを浮かべて、納得の姿勢を見せた。

まったく、何をそんな焦《あせ》っているのか、鈍感な俺にはさっぱり分からないぜぇ〜！

「しかし、浮気《うわき》をしている男がいるなんて、やはりうらやま……こほん。許せないな！　ここは一つ、野球部の次期キャプテンと言われる俺が、バシッとその男を見つけ出して、どうすればそんなにモテ……こほん。説教をしなくては！」

穴江《あなえ》よ、本音がまるで隠せてないぞ。あと、後ろに気をつけろ。

実は何も言っていなかったが、さっきから君の後ろに一人、非常に恐ろしい女がいるんだ。

「ねぇ、穴江《あなえ》。邪魔なんだけど？」

「ん？　お、おわっ！　悪い、サザンカ！」

「ったく、朝からやかましいのはいいけど、あたしの席の近くで騒《さわ》がないでよね……」

こえぇ……。穴江《あなえ》、どんまいだ。

穴江《あなえ》の背後から現れた女……サザンカこと真山亜茶花《まやまあさか》は、恐ろしい女だ。

ビジュアルは、一言で言うとギャル。二言で言うと、ギャルギャル。

ド派手な髪の色に、ド派手な化粧。外見と性格のきつさが、見事に比例している。

だが、女子からはかなりの人気者で、うちのクラスの女子グループの頂点に立つ『カリスマ群』のリーダー様だ。

サザンカに嫌われると、女子全員から嫌われる。それ程の影響力を持つ女だ。

ただ、ビジュアルがギャルすぎるので、男子からの人気はいまいち。

ついでに、俺の席の隣に座っていらっしゃる。

不思議な縁でもあるのか、今まで何度席替えをしてもサザンカは絶対に俺の左隣の席。

本人から、一度「あんた、ストーカー？」と言われたが、全力で否定させてもらった。

そしたら、怒られた。とても理不尽である。

「そんなに怒るなよぉ～、サザンカ！　朝は笑顔のほうがいいぜ！　ほら、笑って笑って！」

「……はいはい、分かったわよ」

「サザンカ！　おはようだぜ！」

「サザンカちゃん、おっはよ！」

「おはようございます、サザンカ！」

「おはよ、サンちゃん、ひまわり、あすなろ。あんたらも、朝からほんと元気よね……」

「だろ！　俺の魂は、常に熱く燃え上がっているからな！」

「そだよ！　わたし、朝から元気なんだよ！」

「ふっふっふ！　常に活気を持って行動しなければ、いい記事は書けませんからね！」

「そっか……。……ふふっ」

ま、悪い奴《やつ》ではないんだよな。笑ってる時の顔は、ちょっとだけ可愛《かわ》いし。

ただ……、

「あんた、何見てんのよ？」

「え？　いや、なんでもないよ！　おはよう、サザンカ！」

些細《ささい》なことで、すぐにご機嫌斜めになるから恐ろしい。

「ったく、朝からやかましいのもうっとうしいけど、辛気臭いのもうっとうしい。まぁ、とりあえず、……おはよ」

文句は言いつつも、挨拶はちゃんと返してくれるんだよね。

朝だからテンションが低いだけで、怒ってはいないと信じよう。

サザンカに嫌われてしまったら、俺のラブコメ道はほぼ間違いなく詰んじまうからな……。

※

昼休み。午前中の授業を終えた後の、少し長めの休憩時間。

さて、飯はどうしようかな？

今日は弁当がないし、学食に行くか、それとも購買に買いに……

「ジョーロ！　一緒に飯を食おうぜぃ！」

「え？　あ、穴江《あなえ》？」

「わりっ！　今日、ここの席貸してくれよ！　いいだろ？　な？」

すさまじい勢いで俺の席へとやってきたのは、ひまわりでもサンちゃんでもなく、穴江《あなえ》。

電光石火の所業で、俺の前の奴《やつ》から座席を譲《ゆず》ってもらっている。

「その、一緒に食べるのはいいんだけど、僕、今日は弁当がないから、学食にでも……」

「学食⁉　いやいや！　それなら、購買にしようぜ！　その間、俺はここで待ってるからさ！　いいだろ？　な？　な？」

ここまでグイグイ来られると、逆に拒否したい気持ちでいっぱいになってくるのだが、俺の鈍感純情BOYキャラでは、中々難しい。

しかも、穴江《あなえ》の中で俺と一緒に教室で飯を食うのは決定事項なのか、弁当箱をしっかりとスタンバイさせてるし。

ま、いっか。なら、とりあえず購買に買いに行けば——

「ねぇ。あんた、今日は自分の席でご飯食べるの？」

おや？　昼休みにサザンカから話しかけられるなんて、中々珍しい。

「うん、その予定だったけど……」

「……そっか」

文句があるわけではなさそうだが、どこか困った表情をするサザンカ。

どうしたんだ？　別に、俺がどこで飯を食おうと、問題ないとは思うのだが？

「おっ！　もしかして、サザンカも俺達と一緒に飯を食いたいのか⁉」

「は？　なわけないでしょ」

「……ありゃ、こりゃ残念！」

穴江《あなえ》よ、てめぇはなぜ、そこまでサザンカにグイグイといけるのだ？　無謀と勇気を履《は》き違《ちが》えるのも、程々にしてくれ。

「うーん……。困ったわね……」

で、さっきからサザンカは何を悩んでるんだ？

「サザンカ、おっまたせぇ！」

「準備は万端だよ！　ほら、ちゃーんと作ってきたんだから！」

「朝、早起きで大変だったよぉ！　すったもんだがありました！」

「同情するならメシをくれ！」

おや？　何やらサザンカの席に、カリスマ群の皆様が集結しつつあるぞ。

なぜか一九九四年から逆行してきたような台詞《せりふ》が、ちらりほらりと目立つが……。

「あー、みんな、ごめん。ちょっと待ってもらえる？　まだ席の確保が……」

「あり？　もしかして、ジョーロと交渉失敗？」

キョトンとした顔で、俺の名前をあげたのはカリスマ群の中でも特にサザンカと仲の良《い》い、カリスマ群E子さんだ。

「う、ううん！　失敗っていうか、ほら。今日、こいつは自分の席でご飯を食べるみたいだからさ、どかしちゃったら迷惑かなって……」

「えー！　事情を話せば大丈夫だって！　サザンカ、気にしすぎぃ～！」

「でも、あたしらの事情だし……」

なるほどな。そういう事情か。

「よーし！　ジョーロ、そろそろ俺達は学食に飯を食いにいくか！」

おっと、穴江《あなえ》も察したか。なら、ここは素直にその案に乗らせてもらうとするか。

「そうだね」

「え？　でも、あんた達、さっきはここでご飯を食べるって……」

「気が変わったんだ。購買で買おうと思ったけど、やっぱり今日は学食の気分でさ。……ね？

穴江《あなえ》？」

「ああ！　そういうことだぜぃ！」

恐らくだが、サザンカ達カリスマ群の皆様は、みんなで弁当を食いたいんだ。

朝早く起きたって言ってたし、自分達で作ってきた弁当の食べ比べとか。

サザンカも、他の四人もやけに派手なデコレーションがされた弁当箱を持ってるしな。

「そ、そう？　……ありがと」

小指でぽりぽりと頬をかきながら、小さくお礼を言うサザンカ。

ビジュアルは、相当に派手なギャルなのに、仕草がちょいちょい可愛《かわい》いんだよな。

「じゃあ、そういうことで、僕達は――」

「あー、ちょっと待ちなさい」

「え？　な、何かな、サザンカ？」

「はい、これ。席、譲ってくれたから、そのお礼よ」

呼び止められたサザンカから手渡された、小さなタッパー。

その中には、だし巻き玉子が入っていた。

「言っとくけど、ただのお礼だからね。勘違いすんじゃないわよ？　ふふっ」

優しい笑顔と裏腹に、勘違いをしたら殺される未来が待ってるね。

「あ、うん。ありがとね、サザンカ。じゃあ、僕はこれで……」

最後にそう言って、俺と穴江《あなえ》は二人で学食へ向かったのであった。


「穴江《あなえ》って、意外としっかりしてるよね」

「おっ！　分かる？　分かっちゃうぅ？　実はそうなんだよなぁ～！　さすが、次期キャプテン候補って感じだろ？」

褒《ほ》めるとすぐに調子に乗るのはどうかとも思うが、こいつって多分……いや、これ以上はいいか。俺も似たようなもんだしな……。

尚《なお》、サザンカからもらっただし巻き玉子は、学食で飯を食いがてら穴江《あなえ》と一緒に食ったが、とても美味《うま》かった。サザンカって、あのビジュアルで料理、うまいんだな……。

学食での穴江《あなえ》との昼飯だが……、楽しかったな。

あいつ、あんな話が上手《うま》かったんだな。どれもこれもくだらない話だったけど、そういうバカ話が上手《うま》い奴《やつ》ってのは、貴重な存在だ。

※

——とまぁ、それはさておき、今は放課後だ。

俺の目的地は生徒会室。目的地に到着したところで、ドアを二回ノックした。

まだ役員になってから日が経《た》っていないのもあって、どこか慣れない気持ちがある。

「どうぞ」

中から聞こえてきた優しい声を聞いた後、ドアを開くとそこにはいつもどおり、生徒会長のコスモスが笑顔で俺を迎え入れてくれた。

「やぁ、ジョーロ君。今日も君が一番乗りだよ」

「一番は、コスモス会長じゃないですか」

「ふふっ。そうとも言うね」

いやはや、今日もやってきましたよ！　至福の時間が！

我が校、可愛《かわい》い女子ランキング一位のひまわりに対して、我が校、綺麗《きれい》な女子ランキング一位に君臨するコスモス！

幼馴染《おさななじみ》でクラスも同じな分、長い時間一緒にいられるひまわりと違って、コスモスとは生徒会の時間しか一緒に過ごせないからな！

あれやこれやと根回しをして、書記という役職についた甲斐《かい》があるというものよ！

では、まだ他の役員は来ていないし……、隣に着席っと！

「そういえばジョーロ君は、最近うちの学校で流行《はや》っている噂《うわさ》の件は知っているかな？」

「あ、それなら今朝聞きましたよ。なんか、他校の女子生徒が彼氏の浮気相手《うわきあいて》を見つけるために、放課後になるとうちの学校に来てるって話ですよね？」

「おっと、君ももう知っていたか。……まったく、恋人がいるのに浮気《うわき》をするなんて、あまり感心できる話ではないのだがね……」

なんというか、今の発言を聞くと、女子って感じだな。

俺はどっちかって言うと、浮気相手《うわきあいて》を探すためだけに、うちの学校に不法侵入している女子生徒をどうかと思ったが、コスモスとしては浮気《うわき》をしている男子生徒を問題視している。

まぁ、どっちも問題ではあるんだけどね。

「ほんと、ひどい話ですよね。しかも、その浮気《うわき》をしている男子生徒が、僕かサンちゃんなんじゃないかって話になって、ひまわりに怒ら――」

「どういうことだい！　ジョーロ君！」

「うわっ！」

「恋人がいるのかい!?　私はそんな話は一度も聞いていないよ！」

んもぉ～！　どんだけ嬉《うれ》しい反応をしてくれちゃってるのよ、この生徒会長さんは！

そんな不安そうな瞳《ひとみ》で俺を見つめてくれちゃってぇ～！　可愛《かわい》くて仕方がないぜ！

「ち、違いますよ！　ただ、勝手に誤解されて、そう言われただけです！　実際には、僕にもサンちゃんにも、恋人なんていませんって！」

「そうかぁ～！　もう！　慌てさせないでくれよ、ジョーロ君」

ごめんちゃぁ～い！

クックック……。やはり、鈍感純情ＢＯＹはたまらんのう。

こりゃ、ひまわりもだが、コスモスも恐らく俺のことを……ウケケケケ！

「……あ、そうだ。ジョーロ君、今日は生徒会の役員で、それぞれの施設の調査を予定しているのは知っているよね？」

「はい。少し前に終わった繚乱祭《りようらんさい》の後の資材がちゃんと戻されているかとか、施設の利用状況を確認するんですよね」

「その通りさ。それで、君に頼みたい場所なんだが……」

あれぇ？　もしかしてこれ、コスモスと二人で調査チャンスきちゃう!?

んもぉ～！　どんだけ今日の俺の幸運は――

「図書室を任せようと思っているよ」

「とっ！　……図書室ですか？」

「ん？　何か問題でもあったかな？」

「いえ、別に全然！　もう、全然問題なんてありませんよ！」

「そうか！　なら、よかったよ！」

「ちなみになんですけど、図書室に行くのは僕一人ですか？」

「そうだね。山田《やまだ》とペアということも考えたのだが、一年生の中でも一番信用できる君なら、一人でも大丈夫だろうと判断したよ」

くぅ！　毎日、真面目に生徒会業務をやってることが仇《あだ》となったか！

ちなみに山田《やまだ》っていうのは会計の人だ。

大して重要でもないし、紹介は軽く済ませるぞ。

山田《やまだ》さん、モブキャラ。以上。

「だから、図書室の件は君に任せたよ！　ジョーロ君！」

「はい！　任せて下さい！　はははは……」

今日の俺の幸運を全て相殺《そうさい》して、マイナスにまで辿《たど》り着《つ》かせるような事態だな。

はぁ……。ついてねぇ……。

※

その後、生徒会役員が揃《そろ》ったところで、コスモスから各施設の確認担当が発表され、俺は予定通り図書室担当。しかも、ソロで。

なので、今は図書室の前に訪れてはいるのだが……、まだ中には入っていない。

「あぁ、入りたくねぇ……」

思わず、本当の俺の声が漏れるほどのうんざりっぷり。それもそうだろう。

鈍感純情ＢＯＹとして、学校のみんなと等しく仲良くしている俺が、たった一人……たった一人だけ、どうしても仲良くしたくない奴《やつ》がいる。

その張本人こそが、この図書室の主……三色院菫子《さんしょくいんすみれこ》。

けど、コスモスから図書室の件は任されちまったし、渡されたこの施設確認用紙に、問題無しのサインを、三色院《さんしょくいん》からもらわなきゃならん。

死ぬほど嫌だけど……、入るか……。

「失礼します」

「困ったわね。図書室に腐臭が流れ込んできたから、換気をしないといけないわ」

出だしから絶好調すぎんだろ！

ドアを開けて中に入ると同時に放たれた、淡々とした毒舌。

当然ながら言ったのは、この図書室の主である図書委員……三色院菫子《さんしょくいんすみれこ》。

これで美人とかなら、まだ少しぐらい寛容な気持ちをもてるのだが……、この女、恐ろしいほどに可愛《かわい》くない。髪型は三つ編み、やけに分厚いレンズの眼鏡、スレンダーと言えば聞こえはいいが、ペッタンコで凹凸《おうとつ》のないスタイル。おまけで、くるぶしがギリ見えるか見えないかのロングスカートという昭和の使者の如《ごと》き容姿。

これで性格も最悪だってんだから、たちが悪すぎる。

「……やぁ、三色院《さんしょくいん》さ――」

「パンジーよ」

また始まった……。滅多に会う機会のない三色院《さんしょくいん》だが、たまに会うといつもこれだよ。

こいつの本名、『三色院菫子《さんしょくいんすみれこ》』を省略すると『三色菫《パンジー》』になるから、そう呼べとやけに俺にせがんでくるのだ。無論、呼ばんが。

「今日も元気そうだね、……三色院《さんしょくいん》さん」

「今日もいじわるね。……ジョーロ君」

どう考えても、そっちのほうが遥《はる》かにいじわるだっつーの。

「それで、どうして図書室に来たのかしら？　もしかして、私に会いたくて、我慢できなくなって図書室に？　いやん、おぞましいわ」

こっちだって、心の底からおぞましいと思っとるわ。

「いや、君に会いたいっていうより、図書室の確認に来たんだ。ほら、少し前に繚乱祭《りょうらんさい》があったでしょ？　あれで、図書室からいくつか本が貸し出されたりしたと思うんだけど、それが全部返却されてるかどうかを確認したくて……」

ま、図書室の本なんてほとんど貸し出されてねぇし、大丈夫だろ。

さっさとサインをもらって、逃げよう。俺の精神衛生上、優しくなさ過ぎるし。

「その件なら問題あるわ」

「よかった。なら、この書類に君のサインを……はい？　今、なんて？」

「あら、こんな短い台詞《せりふ》すら聞き取れないなんて、よほど耳に重大な欠陥を抱えているのね。それとも、理解ができないのなら、脳に問題があるのかしら？」

ねぇ、この子、俺に何か恨みでもあるの？

さっきからいちいち、発言にエッジがききすぎてるんだけど……。

「『その件なら問題あるわ』と言ったのよ」

「どういうことかな？」

「繚乱祭《りょうらんさい》の後に一人の男子生徒が図書室に来てね、『女の子と仲良くなる100の方法』という本を借りていったの。でも、返却期間を一週間も過ぎているのに、返してくれないのよ」

うちの学校の図書室、そんな本まで置いてあんのかよ。

「……もしかして、その本を僕に取り返してこいと？」

「あら、普段からとても鈍感だと思っていたけど、今日は察しがいいのね」

ふざけんな。俺は、鈍感でもなんでもねぇっつーの。ただ、演じてるだけだ。

「えっと、繚乱祭《りょうらんさい》の後なら繚乱祭《りょうらんさい》とは別件だから、僕に相談されても……」

「なら、その本を返してもらってから、貴方《あなた》の持つ書類にサインをするわね」

どうせそんなことを言い出すと思ったよ！

この書類に、三色院《さんしょくいん》のサインがもらえないと俺の業務が完了しねぇし、もし、サインをもらえずに生徒会に戻ったら、任せてくれたコスモスの信用に応えられなかったことになる。

そいつは俺にとって……くそ！

「分かったよ。それで、誰がその本を借りていったの？」

「取り返してきてくれるのね。とても嬉《うれ》しいわ。借りていった男子生徒は……あら？」

突如として図書室に響いた乱雑にドアを開く音、少し甲高い声。

「はぁ……、はぁ……。どうしよう……ここで見つかっちゃったら……」

現れたのは西木蔦《にしきづた》ではない、別の学校の制服に身を包んだ、少しタレ目の可愛《かわい》い女の子だ。

片手に一冊の本を持ち、やけに険しい形相で、毛先に少しパーマがかかったミディアムヘアーを揺らしている。

さらに続いて外からは……やけに騒がしい生徒達の声と、少し乱暴な足跡が響《ひび》いてきた。

「おい！　こっちにはいないぞ！」

「くそ！　どこに行ったんだ!?　うちの学校に勝手に侵入して……」

「こっちには来たはずだから、多分だけど……図書室に入ったんじゃないか？」

「…………っ！」

ビクリと体を揺らす少女。……なるほどね。大分、話が見えてきたぞ。

何やらトラブルが発生したようだが、この子が捕まれば無事に……ん？　あの本は……、

「君、ちょっと僕の後ろに来て」

「え？　う、うん！」

俺の指示に従い、慌てた足取りで俺の背中にやってくる少女。

外にいる連中を恐れているのか、やけに脅《おび》えた様子だ。

「いた！　見つけたぞ！　……って、あれ？　ジョーロ？」

再び乱暴に開く図書室のドア。

次に現れたのは、俺と同学年の、バスケ部に所属する男子生徒達だった。

「やぁ。どうしたの？　なんだかやけに慌てた様子だけど？」

「いや、そこの女の子を探してたんだ。うちの学校に勝手に入ってきたから……」

「……か、勝手にじゃないもん！」

俺の背中からひょっこりと顔を出し、反論をする少女。

「いや、勝手にだろ。俺達に見つかったら、やけに慌てて逃げたじゃないか」

「だって、追っかけてくるから……」

僅かに体を震わせて、俺の背中に体を隠していく少女。

本当は助けるつもりはなかったんだが、事情が変わった。

今回だけは、特別に助けてやろうじゃねぇか。

「あー、ごめんね。この子、僕の知り合いなんだ。本当は校門の前で合流する予定だったんだけど、ちょっと手違いがあったみたいでさ」

右手の親指と人差し指をすり合わせながら一言。もちろん、嘘《うそ》なわけだが。

「本当か？　だったら、最初からその事情を俺達に説明すればいいじゃないか」

「この子、人見知りなんだよ。だから、ビックリしちゃったんだよね？」

「……っ！　……っ！」

俺の投げかけに、無言で首を縦に振る少女。

よかった。これがひまわりとかだったら、素直に本当のことを言われて俺が困る未来があったが、それなりのアドリブ力は持った子らしい。

「なんだ。びっくりさせないでくれよ！　ほら、最近変な噂《うわさ》を聞くだろ？　てっきり、その子が噂《うわさ》の張本人で、うちの学校に忍び込んでると思ったんだからさ！」

多分、それであってる。

「変に追いかけて悪かったな！　じゃあ、俺達はもう行くよ！」

バスケ部の男子達は俺の言葉を信用してくれたようで、笑顔でドアを閉めて去っていった。

「……助けてくれて、ありがとう」

小さく遠慮がちながらも、お礼を言う少女。これで文句を言われたら、即座に追い出してやろうとも思ったが、礼儀があるならいいだろう。

「いや、大丈夫だよ」

「ジョーロ君、図書室は静かに過ごす場所よ。あまり騒がしくされるのは、困ってしまうわ」

俺は、何もしてねぇだろが。

なぜ、三色院《さんしょくいん》はいちいち俺に対して文句を言ってくるのか……。

まぁ、いい。それよりもだ、

「一応自己紹介をすると、僕はここの一年、如月雨露《きさらぎあまつゆ》。みんなからはジョーロって呼ばれてるよ。それで、こっちの人が……」

「三色院菫子《さんしょくいんすみれこ》よ。ジョーロ君と同じ、高校一年生」

「わ、私……、ユリ。中学三年生」

どうやらこの子の名前は、ユリというらしい。

中学三年生ってことは、高一の俺の一コ下か……。

では、簡単な自己紹介も終わったことなので、

「単刀直入に聞くけど、君が最近、うちの学校で噂《うわさ》になってる女の子かな？」

「噂《うわさ》？　なにそれ？」

「なんか女の人を探してるんでしょ？」

「うっ！　私、噂《うわさ》になってたんだ……」

苦い表情をしながら否定をしないってことは、この子が噂《うわさ》の張本人で間違いなさそうだな。

「あ、あのさ……。君の彼氏の名前は、聞いても大丈夫なのかな？」

「彼氏？　え、私には……」

「探してるんでしょ？　彼氏の浮気相手《うわきあいて》。なら、彼氏の名前が分かるといいかなって……」

「浮気相手《うわきあいて》ぇ⁉　……そう！　そうなの！　私、浮気相手《うわきあいて》を探しに来てるの！」

そんな自信満々に言われても困る。少しぐらいためらってくれ。

「う、うん。それで、彼氏の名前は？」

「んと……、あーちゃん」

どうやら、ユリの彼氏は『あーちゃん』というらしい。割りとありがちなあだ名で、特定が難しいな。本名は、なんというのだろう？

「あーちゃん、前まではいつも私に一番優しかったのに、今は違う。一緒にいても、いつも別の女の話ばっかり！　本人は、笑いながら『違う』って言ってたけど、私には分かったの！　あーちゃんは、その人のことが好きなんだって……」

あーちゃん、大分ぶっとんだ神経してるな。

彼女と一緒にいるのに別の女の話とか、普通するか？

「それで最近、あーちゃんがその人と仲良くなりたいのか、女の子向けのファッション雑誌を買ったり、家で声をかける練習をしてたり、しまいにはこんな本まで！」

そう言って、ユリが掲《かか》げたのは、彼女がここに入ってきた時からずっと片手に持っていた本。

ちなみに、俺がユリを助けた理由も、実を言うと全てここにある。

なんせ、ユリの持っていた本のタイトルは……

「『女の子と仲良くなる100の方法』ね……」

ちょうど、三色院《さんしょくいん》が返却されなくて困っていると言っていた本なのだから。

たまたま同じタイトルの本で、別物って可能性もあるが……

「ねぇ、その本、ちょっと見せてもらっていい？」

「え？　いいけど……はい」

「ありがと」

ユリから本を借りて、最終ページを確認すると……あった。

うちの学校の本であることを証明する、貸し出し者一覧を記載する紙だ。

まさかとは思ったが、本当にうちの学校の本だとは……とりあえずは、助けてよかったな。

あれでユリが連れて行かれたりしたら、この本を取り戻す手間が一つ増えたところだ。

「あーちゃん、私がこの本をこっそりとったのに全然気づかなくて、すっごい慌ててたんだ。ふふっ！　いい気味なんだから！」

「……ちなみに、この本を取ったのは、いつ頃かな？」

「えーっと、一週間前かな」

それで、返却期限を過ぎても図書室に返ってこなかったわけね……。

「もういいでしょ！　返してよ！」

「あっ！」

俺が持っていた本を、ヒョイと奪い取ると大事そうに抱えるユリ。

参ったな……。俺としては、今すぐにその本を返してもらって、ユリには帰ってもらいたいんだが……。仕方ない、ここは素直に事情を説明するか……。

「ねぇ、ユリ。ちょっといいかな？」

「なーに？」

「その本さ、実はうちの学校の備品なんだ。それで、君が返してくれないとそこの図書委員の子が困っちゃうから、渡してほしいんだけど……」

「やだ！　だって、返したら、またあーちゃんが借りちゃうでしょ！　そしたら、その人と仲良くなっちゃうかもしれないもん！」

さすがに、そんな本一冊で女の子と仲良くはなれんとも思うのだが……

「あ、そうだ！　ふふふっ」

なんか、ユリの奴《やつ》、やけにあくどい笑いを浮かべてるんだが……

「ねぇ、ジョーロ。私、この本を返してもいいよ！　一つ、条件があるけど！」

「……何かな？」

「あーちゃんの浮気《うわき》相手《あいて》を探すのを手伝ってよ！」

どうせ、そんなこったろうと思ったよ！

なんで面倒事を避けようとしたら、もっと余計な面倒事が発生してんだ！

「いや、それは……」

「えぇ～、断るのぉ～？　もし断るなら、私、このまま捕まって、ジョーロに色々ひどいことされたって言っちゃおうかなぁ～！」

助けてやった恩を、問答無用で仇《あだ》で返されたんですけどぉ!?

まずい……。そりゃ、他校の女の子と学校内で信用を勝ち取っている俺だったら、信用されるのは俺だ。だから、ユリに変なことを言われても、否定すればどうにかできるだろう。

だが、しかしだ！　一人だけいるのだ！

ユリの嘘偽《うそいつわ》りにまみれた発言を、嬉々《きき》として広めそうな……

「あら、これは面白いことになってきたわね」

三色院菫子《さんしょくいんすみれこ》という女が。

「ねぇ、三色院《さんしょくいん》さん。君は変なことは言わないよね？」

「もちろんよ。ジョーロ君を困らせることなんて、……するつもりしかないわ」

この人、どんだけ俺のことが憎《にく》いわけ？

「三色院《さんしょくいん》さん。僕、君に恨《うら》まれるようなことをしたつもりはないんだけど……」

「……本当に、ひどい人」

全力で、その発言をキャッチ&リリースしてやりたい。

「ちょっと、私を無視しないでよ！　ジョーロ、私のこと手伝うんでしょ？　手伝ってくれるんでしょ？　ね、ね、ねぇ、お願いよ！　知らない人ばっかりは、怖いし……」

悪を通すなら、責任を持って最後まで悪として脅してくれないものかね？

そんな不安げな目でジッと見られたら、逆に断りづらいわ。

「……分かってるよ。ちゃんと、ユリの手伝いはするよ……」

「ほんと！　やったぁ！　それじゃ、よろしくね、ジョーロ！　ありがとっ！」

なぜ、カップルの痴話喧嘩《ちわげんか》を収める手伝いまでせにゃならんのだ。

こういう時だけは、鈍感純情ＢＯＹじゃなくて、本当の自分でいたくなるよな……。

ま、不幸中の幸いは、ユリの彼氏が俺の知ってる奴《やつ》だったことだよな。

さっき、貸し出し者一覧の最後の名前を見てビビったよ。

まさかあいつに、こんな可愛《かわ》い彼女がいるなんてな……。

「ねぇねぇ、それでどうやって調べるの？　何かいい作戦あるの？」

「いい作戦かどうかは分からないけど、手はあるよ。あーちゃん、僕のクラスメートだし」

「え？　そうなの！　なら、ジョーロにお願いして大正解だったね！」

ユリの言う『あーちゃん』。その男の本名は……穴江遊馬《あなえゆうま》。

『穴江《あなえ》』だから『あーちゃん』だったってわけだな。

※

というわけで、俺は穴江《あなえ》の浮気《うわき》相手《あいて》とやらを探すために図書室を出発。

今は廊下を歩いていて、もちろんユリも一緒だ。

――とまぁ、そこまでは構わないのだが……、

「……なんで、君までいるのかな？」

三色院《さんしょくいん》がついてくることが、嫌で嫌で仕方がない。

「鈍感なジョーロ君だけで彼女の悩みを解決できるか、怪《あや》しいでしょう？　だから、どうしても一緒にいてほしいという、ジョーロ君の切なる願いに応えてついていきてあげてるのよ」

誰が鈍感だ、誰が。俺ほど鋭い男は、そうはいないんじゃないかってぐらい、鋭いわ。

加えて、俺はてめぇと一緒にいたくねぇという切なる願いを持っとるわ。

「ねぇねぇ、ジョーロと三色院《さんしょくいん》さんはどういう仲なの？　なんだか、すごく息ピッタリって感じだし、もしかして二人は……」

「ユリの思ってるような関係じゃないよ。僕と三色院《さんしょくいん》さんは、別に友達でも何でも――」

「はぁ……、寂しいことを言うのね。なら、私がいても邪魔でしょうし、仕方がないから、通りすがりの人に、ジョーロ君が中学生の女の子に無理矢理手を出していると伝えにでも――」

「今から君が、僕のハニーだ！」

「いやん。おぞましいわ」

このクソ女がぁぁぁぁ！　どう考えても、俺のことを脅してんだろが！

しかも、ちゃっかり毒舌を欠かさねぇのな！

「ふふっ！　やっぱり二人は仲がいいんだ！　私とあーちゃんも、よく喧嘩《けんか》しちゃうもん！　でもさ、それって仲の良さの裏返しだよね！」

君と穴江《あなえ》基準で、俺と三色院《さんしょくいん》の仲を考えないでくれ。

「ところでさ、ユリ。穴江《あなえ》の浮気《うわき》相手《あいて》が誰かってのは、知らないんだよね？」

「うん。あーちゃん、いつもその人の話はするくせに、肝心の名前だけは絶対に言わないの！　私が何度も『名前を教えて』って言ってるのに、『名前を言うのは恥ずかしい』って！」

穴江《あなえ》よ、てめぇがお調子者でいい加減なところがあるってのは分かるが、もう少しデリカシーは持て。彼女に対して、他の女の話をウキウキとするなんて、正気《しょうき》の沙汰《さた》とは思えんぞ。

「ちなみにだけど、貴女《あなた》は普段穴江《あなえ》君とはどんな風に過ごしているのかしら？」

そういや、こうやって三色院《さんしょくいん》が俺以外の奴《やつ》と話してるところを見るのって初めてだな。

「私？　あーちゃん、部活に一生懸命でいつも帰りが遅いから、遊べるのは休日くらいだよ。よく一緒にゲームをしてるんだぁ！」

「……そう」

ゲームって……。穴江《あなえ》……、せめてたまの休日くらいはデートに行ってやれよ。

まぁ、ユリが嬉《うれ》しそうに話してるから、いいとも言えるが。

「ねぇ、ジョーロ。それでどうするの？　どこかに向かってるみたいだけど……」

「野球部の所に行こうと思ってる。それで、穴江《あなえ》から話を聞いてみようかなって」

「ええ！　で、でも、それだと私があーちゃんに見つかっちゃうんじゃ……」

「大丈夫だよ。僕が一人で話を聞いてくるから、ユリは離れた場所に隠れて、三色院《さんしょくいん》さんと一緒に待っててよ」

「そっか！　その手があったね！　ジョーロ、あったまいい！」

いや、比較的普通だと思うぞ……。

「三色院《さんしょくいん》さん、僕が穴江《あなえ》から話を聞いてくる間、ユリのことはお願いね」

「ふふっ。ユリを一人にするわけにはいかないから、やっぱり私がついてきて正解だったようね。感謝してほしいわ」

「はいはい。ありがとうございます」

無駄なドヤ顔に腹が立ってしゃあないがな。

※

「よう、ジョーロ！　お前が俺に用なんて珍しいな！　生徒会の何かかぁ？」

「やぁ、穴江《あなえ》。……いや、生徒会の用ってわけじゃないんだけどさ……」

ユリと三色院《さんしょくいん》に校舎での待機を頼んだ後、俺は一人野球部の練習場へ。

そこで練習をしていたサンちゃんに頼んで、穴江《あなえ》を呼び出してもらった。

「あのさ、一つ教えてほしいんだけど……君って、彼女いる？」

「おおっ！　その質問はまさか、俺に恋焦がれる女の子がいて、想《おも》いを確認してきてほしいと頼まれたのか⁉」

早とちりではあるのだが、微妙に正解してるところが何か困る。

「ただ、悪いんだけど、……その子の想《おも》いに俺は応えることはできない！　何せ俺は今、恋する野球少年だからな！」

「え？　穴江《あなえ》って、好きな子がいるの？」

「まぁな！」

どういうことだ？　恋人がいる奴《やつ》が、恋人の存在は隠して、好きな子の存在は隠さないなんてことはしねぇよな？

もしかしたら、好きな子＝恋人って可能性もあるが。

「あのさ、ちなみにだけど、穴江《あなえ》の好きな子が誰かっていうのは、教えてもらえたりする？」

「いやぁ～！　さすがに、それを言うのは恥ずかしいって！」

恐らく、穴江《あなえ》の言う『好きな子』はユリではないな。なんせ、俺に『言うのが恥ずかしい』相手ってことは、俺が知ってる人物の可能性が高いからだ。

「ただ、ヒントだけは特別にやるよ！　ズバリ、俺と同じクラスの女子だ！」

穴江《あなえ》、本当は言いたくて仕方ないやつだろ？

ついでに、予想も大正解だ。同じクラスの女子なら、間違いなく俺も知っている人物。となると、学校内でも人気のあるひまわりか、密《ひそ》かな人気を持つあすなろか？

「にしても、すごいタイミングで聞いてきたな！」

「すごいタイミング？　どういうこと？」

「実は俺、明日は部活が休みだから、放課後に屋上で、その子に告白しようと思ってるんだ！　それで、成功したら……無事に俺も、一つ上の男になれる！」

そりゃ、確かにすごいタイミングだ。

「その、勝算はあるの？」

「分からん！　でも、よく一緒に話すし、あとは当たって砕《くだ》けろだ！」

「よく一緒に話す？　そんなに仲のいい相手なの？」

正直、穴江《あなえ》とそこまで仲のいい女子なんて、まるで思いつかないのだが……。

「どうだろうなぁ？　いちおう、話はするけど、いつも結構刺々《とげとげ》しい態度だしなぁ。だけど、俺は信じてる！　きっとあれは、ツンデレってやつだと！」

ふむ……。つまり、今の情報からするに同じクラスのひまわり、あすなろは違うな。

あいつらは、別に穴江《あなえ》に刺々《とげとげ》しい態度を取ってはいない。

むしろ、刺々《とげとげ》しい態度を取っているのは……って、まさか……

「そっか。色々教えてくれて、ありがとうね。じゃあ、部活がんばって」

「あ、あれ？　俺の好きな子が誰か、もっと気になったりは……」

やっぱり、聞いてほしいんじゃねぇか。

「いや、大丈夫だよ。好きな子を言うのって、恥ずかしいでしょ？」

「あ、ああ。まぁ……」

最後にそう言葉を交わすと、俺は野球部の練習場をあとにしたのであった。

※

「どう？　あーちゃんの好きな人、誰か分かった⁉」

校舎に戻るなり、少し荒い鼻息で俺に対して確認をとるのは、当然ながらユリ。

俺が何か重要な情報を手に入れていないか、気になって仕方がないという様子だ。

……さて、どうしたものか？

ぶっちゃけ、穴江《あなえ》の好きな女の子の正体に関しては、目星がついた。

恐らく、あいつだ。正直、「そこ、いっちゃうぅ⁉」とツッコミを入れたくて仕方がない相手ではあるのだが、そこは本人の趣味の範疇《はんちゅう》なのでよしとする。

ただなぁ、この情報、素直にユリに伝えちまっていいのか？

いや、だってよ……、ぶっちゃけ、この子は何者だよ？

本人は『穴江《あなえ》の彼女』と言っていて、『あーちゃん』という愛称で穴江《あなえ》を呼んでいる。

だが、穴江《あなえ》自身から話を聞いていると、どうにもそうではない気がしてならない。

穴江《あなえ》の性格だったら、彼女がいるとしたらそれを隠すようなことはしない。

なのに、それはせずにユリの言う『浮気相手《うわきあいて》』の話ばかりしている。

もし、彼女がいる男だったら、彼女の存在を隠して浮気相手《うわきあいて》の存在を堂々と言うなんてしないはずだし、そもそも穴江《あなえ》は、その浮気相手《うわきあいて》とやらと現時点で特別な関係になってない以上、『浮気相手《うわきあいて》』ですらない。

なのに、ユリは血眼《ちまなこ》になって探している。

「…………」

「ジョーロ、なんで黙ってるのよ！」

「あっ！　ごめんね！　いや、その穴江《あなえ》の好きな人だけど……」

「うん！」

参ったな……。ここまでキラキラした瞳で見つめられると、困ることしかできない。

俺が得た情報を、ユリの正体が分からないまま伝えていいものか、難しいところだ。

「はぁ、仕方がないわね。……特別よ？　ジョーロ君」

「え？　どうしたの、三色院《さんしょくいん》さん？」

溜息《ためいき》を放ち、呆《あき》れた視線を俺に向けながら小さく言葉をもらす三色院《さんしょくいん》。

特別？　こいつは、いったい何を……。

「ねぇ、ユリ。ジョーロ君のお話の前に少し聞きたいことがあるのだけど、いいかしら？」

「えー！　私、早くジョーロからあーちゃんの話を――」

「貴女《あなた》、苗字《みようじ》はなんというのかしら？」

「…………っ！」

三色院《さんしょくいん》の放った一言が強烈だったのか、見事に体を硬直させるユリ。

苗字《みようじ》？　そういえば、そうだな。俺や三色院《さんしょくいん》は、自分のフルネームを名乗ったが、ユリからは『ユリ』という名前しか聞いていない。

でも、それがなんだっていうんだ？

「え、えっと、その……、さ、佐藤《さとう》……かな」

これ、ぜってぇ佐藤《さとう》じゃねぇやつだろ！

咄嗟《とっさ》に、日本で一番多い苗字《みようじ》を選んだだけだ！

「違うわよね？」

「………うん」

三色院《さんしよくいん》の圧のある言葉に、素直に消沈して頷《うなず》くユリ。なんでここまでへこんでいるかのわけは分からんが、ユリが自分の苗字《みようじ》を隠したがっているということはよく分かった。

「……あ、あの、いつから気づいてたの？」

「最初から疑っていたけど、確信に変わったのは、貴女《あなた》が『よく一緒にゲームをして遊んでいる』と教えてくれた時ね」

「……そっか」

あの、そろそろ僕に分かるように教えてくれませんかね？

話がまるで見えてこないんですが……。

「あ、あのさ、三色院《さんしよくいん》さん。君は、いったい何を……」

「ジョーロ君、よく考えてみなさいな。自分の苗字《みようじ》を隠したがって、かつ穴江《あなえ》君の詳しい情報を知っている人物。そして、家でゲームを一緒にできる関係。それがユリの正体よ」

この口振りからするに、ユリは穴江《あなえ》の彼女ではない。

だけど、穴江《あなえ》について詳しい情報を所持していて、自分の苗字《みょうじ》を隠したがっている。

さらに、特に決め手となった情報とやらが『よく一緒にゲームをして遊んでいる』。

ん？　まさか、ユリの苗字《みょうじ》って……

「穴江《あなえ》……なの？　もしかして、ユリ。君は穴江《あなえ》の……」

「……っ！　そ、そうだよ！　私の名前は、穴江《あなえ》百合《ゆり》。お兄ちゃん……あーちゃんの妹！」

そういうことかよ！　今までユリが『あーちゃん』と呼んでいたのは、決して『穴江《あなえ》』という苗字《みょうじ》からくる愛称ではなく、お兄ちゃんから派生した呼び方ってことかい！

そう言われりゃ、色々と合点《がてん》がいくな！　ユリがどうやって穴江《あなえ》から本を盗んだとか、なんで穴江《あなえ》がやけに別の女の話をしてたかとか！

「その、どうして自分が妹ってことを隠してたのかな？」

「だって、言ったら……ジョーロ、手伝ってくれないと思ったから……」

まぁ、そうかもな。

妹だって分かってたら、さっき穴江《あなえ》に話を聞きにいった時に、『お前の妹が来てて、借りた本を持ってるから取り返してくれ』とか伝えて、事態を収束させてたかもしれない。

俺の目的は、あくまでもユリの持っている本を返してもらうことだからな。

「そんなに、お兄ちゃんに恋人ができるのが嫌だったの？」

「ち、違うもん！」

あれ？　間違えた？　行き過ぎたブラザーコンプレックスだと思ったのだが……。

「……し、心配だったの！　あーちゃん、少し優しくされるとすぐに舞い上がっちゃうから、もしかして、変な女に騙《だま》されてるんじゃないかって……。だから、あーちゃんが好きになった人は、ちゃんとした人かどうか知りたくて……」

あー、そういうことね。まぁ穴江《あなえ》はお調子者だし、人に言われたことを素直というか、好意的に受け取りすぎる傾向がある。

だから、変な女に騙《だま》されるかもしれない――と思うかもしれないが、

「それなら、大丈夫だよ」

「え？」

「正直に言うと、僕って穴江《あなえ》とクラスメートだけど、そこまで仲が良《い》いわけじゃないんだ。……でもね、だからこそ分かることがある」

「分かること？」

「実は穴江《あなえ》って、すごくかっこいい……しっかりした奴《やつ》なんだからさ」

「あーちゃんが、かっこいい!?　どこが!?」

妹よ、少しは兄をたててやれ。

ただ、穴江《あなえ》のちょっとした秘密ってのは、そう分からないものだよな。

俺が気づけたのだって、俺自身が自分を偽っていたからこそだ。

なんせ、あいつのハイテンションな態度は……

「わざとなんだよ。穴江《あなえ》は、お調子者を演じているんだ。ピエロになることで、クラスの空気をよくしてる。周りから見たらすごく滑稽《こっけい》でおかしいことなんだけどさ……」

「う、うん……」

「どんな時でも誰かのために笑顔でいられる奴《やつ》ってのは、……僕は、すごくかっこいいと思う」

クラスで賑《にぎ》やかに騒ぐことで空気をよくする分、穴江《あなえ》は随分と損をしているんだ。

穴江《あなえ》なら大丈夫だろうと軽く見られがちだし、面倒事も押しつけられやすい。

それを分かってもなお、穴江《あなえ》はピエロを演じている。

クラスのみんなが笑っていられるならと、分かって行動しているんだ。

「だから、穴江《あなえ》は見えてないように思えて、誰よりもクラスのみんなのことを見えてる奴《やつ》だよ。そんな穴江《あなえ》が好きになった子が、変な子なんてことはないさ」

正直に言わせてもらえば、俺には『穴江《あなえ》の好きな子』の良さはあまり分からないのだが、ちゃんと人を見られる穴江《あなえ》が好きになった子ってことは、それだけいい子なんだろうなとも思う。

「あーちゃんが……。そっか……。そうなんだね！」

俺の言葉が伝わったのか、ユリは安心した表情をした後、満面の笑みを浮かべた。

ただ、それは一瞬で再びすぐに暗い表情を取っている。

「でも……、やっぱり私、あーちゃんが心配だよ……」

ま、そりゃそっか。

いくら言われても、そう簡単に納得できるようなことじゃねぇしな。

やれやれ、だったらここは、あの超有名な諺《ことわざ》さんの力でも借りるとするかね。

「なら、一つ提案があるんだけど、いいかな？」

「提案？」

「明日、もう一度うちの学校に来てよ。今度は忍び込まずに校門からね。僕のほうで、ちゃんと許可をとっておくからさ」

「え？　明日も？　ど、どうして？」

「それはね――」

※

――翌日。

放課後、帰りのＨＲが終わると同時に校門へと向かい、ユリと合流した俺達は、そのまま足早に、とある場所へと向かっていった。

その場所とは……、

「困ったわ。放課後に突然ジョーロ君に屋上へ呼び出されるなんて……。もしかして、今から
……ふふふっ。なんだか私、ドキドキしてきたわ。笑い意味で」

せめて、『悪い意味』って言えや。

仮に俺が屋上に女の子を呼び出しているとしたら、そんなに滑稽か？

「別に、三色院《さんしょくいん》さんには何も言うことはないよ」

「もう照れちゃって……。素直じゃないんだから」

「全身全霊素直な気持ちだよ」

「……嘘《うそ》つき」

淡々と、いつものからかい口調で言っているようにも聞こえるが、不思議と真に迫る声だな。

まったく、こいつは何を考えているのやら……。

「ねぇ、なんでこんな所に来てるの？　しかも、わざわざ入り口の裏側になんて……」

俺に呼び出されたユリは、どこかキョトンとした様子でいる。

「ああ、それはね……」

最後まで伝える前に響いたのは、屋上のドアが開く音。

そして、ツカツカと前に進んでいくのは、

「ふぅぅぅ！　……よし！　がんばるぞ、俺！」

「あっ！　あーちゃん！」

「しっ！　静かに！」

現れた男……穴江《あなえ》に驚いたユリが、思わず声を出したのを俺は咄嗟《とっさ》に制した。

昨日聞いた話だったのだが、穴江《あなえ》は今日ここで、自分の好きな人に告白をする。

だからこそ、俺はユリをここに呼び出したのだ。

こいつが血眼《ちまなこ》になって探していた……穴江《あなえ》の好きな子が誰かを教えるために。

「今から、穴江《あなえ》はここで告白するんだ。だから、この後に来るよ。……穴江《あなえ》の好きな人が」

「……っ！」

「でも、全部終わるまで邪魔しちゃダメだよ？　もし、変な子だと思ったら……、その時はユリの好きにすればいい」

「………分かった」

穴江《あなえ》には聞こえない声で、小さく会話をする俺とユリ。三色院《さんしょくいん》は、こんな風に静かでいることが慣れているのか、まるで置物のように微動だにしていない。

それから少し経《た》つと、更にもう一度、屋上のドアが開く音が響き……、

「穴江《あなえ》、どうしたのよ？　放課後にわざわざこんな場所に呼び出して？」

ついに現れた。ユリが必死に探していた、穴江《あなえ》が今日告白する相手が。

そして、それが誰かという話だが……

「あっ！　その、来てくれてありがとなっ！　サザンカ！」

サザンカだったのだ。

正直に言わせてもらえば、ビジュアルはとんでもなくギャルだし、野獣の如《ごと》き危険性をはらんでいる女なので、穴江《あなえ》の頭がおかしくなってしまったのではないかと疑ったのだが、……昨日の穴江《あなえ》の行動を見ていると納得もいくんだよな。

やけに、俺の席に来たり、昼飯も俺と一緒に食おうとしたり……。

あれって、俺の隣の席にいるサザンカとかかわりたかったからだったんだな。

「あんな派手な女を、あーちゃんが……」

あ、まずい。ユリの中の『変な女メーター』がグングンと上昇してる。

「ぜ、絶対変な女！　あーちゃんを騙《だま》して、コンクリ詰めにして沈めるつもりなんだ！」

さすがに、そこまではせんわ。

どんだけ恐ろしいんだよ、サザンカは。

「落ち着いて！　今は、まだ……」

「私が、あーちゃんを助けなきゃっ！」

いかん！　どうにか止めようとしたが、こりゃ止まりそうにねぇぞ！

このままじゃ、穴江《あなえ》の告白が……

「ユリ。今は、待つ時よ」

そこで、これまで静観を保っていた三色院《さんしょくいん》が、ゆっくりとユリの前に立った。

「でも！　あんな派手な格好をしてる女なんて……」

「外見で人柄を決めてはダメよ。人にはそれぞれ事情があって、その格好をしていることだってあるのだから」

「……え？」

「目に見える姿と、心の中は別なの。貴女《あなた》は、彼女がどんな人間か知らないでしょう？　それなのに、外見だけで人柄を決めてしまってはダメよ」

「ご、ごめんなさい……」

三色院《さんしょくいん》の言葉には妙な説得力があり、今にも飛び出しそうだったユリが、静かになった。

「大丈夫よ。だから、今は様子を確認しましょ。止めるのはその後でも遅くないわ」

「……うん」

なんだよ、三色院《さんしょくいん》の奴《やつ》。毒舌ばっかだと思ったら、まともなことも言うじゃねぇか。

正直、俺じゃ止められそうになかったから、助かったぞ。

「ありがとう、三色院《さんしょくいん》さん」

「あら、お礼を言ってもらえるなんて、とても嬉《うれ》しいわ」

「……っ！　そ、そう……」

静かに微笑《ほほえ》むその姿は、俺の好みとは遥《はる》かにかけ離れているのだが、妙な色気があって、ドキッとしてしまった。

　さて、肝心の穴江《あなえ》のほうは……

「サザンカ！　俺、サザンカのことが好きだ！　だから、俺と付き合ってほしい！」

　言った！　言いやがった！

「えっ！　はぁぁぁぁ!?　あ、あんたが、あたしをぉ!?」

　屋上に呼び出された時点で察していそうなものだが、案外鈍感なのか、サザンカは素直に驚いた表情をしている。

「え、えっと、でも、あたしってこんな格好だし、性格だって乱暴だし……」

　アタフタと、顔を真っ赤にして口早に喋《しゃべ》るサザンカ。

　その様子は、やけに可愛《かわい》らしかった。

「だ、だからやめときなさいって！　あたしみたいな子より、いい子なんて沢山……」

「俺にとっては、サザンカが一番だ！」

「なっ！」

「サザンカって、本当はすっげぇ優しいし、周りにも気が利《き》くだろ！　でも、甘やかすんじゃなくて、厳しいところはしっかり厳しくしてさ！　ちゃんとそいつのために怒れるのって、すごいことだと思うんだ！　それに、クラスの女子をしっかりまとめててさ……、あー、なんかうまくまとまらないな！　でも、とにかく！　そういうところが好きになったんだ！」

　確かに、その通りだな。

乱暴なところはあるが、それでもなんやかんやでサザンカはしっかり者で、頼れる奴《やつ》だ。

「……あ、ありがと……」

「あのさ、サザンカ。それで、返事は……」

「……………」

穴江《あなえ》の告白に対し、サザンカは何も答えず静かに黙っている。

だが、それから少しすると……、

「ごめん！　あたし、穴江《あなえ》とは付き合えない！」

深々と頭を下げて、そう断った。

「そ、その……、穴江《あなえ》が嫌いとかそういうのじゃないの！　で、でもね、あたし……、あたしは、自分が好きになった人と付き合いたいって思う！　えっと……も、もちろん、あたしが好きになった人が、あたしを好きになってくれるかは分からない！　でも、でも……そうなれるようにがんばって、そうなりたいの！　だから……、ごめんなさい！」

頭を下げたまま、何とか少しでも穴江《あなえ》を傷つけないようにと、早口ながらも少したどたどしく告げるサザンカ。その返事を受けた穴江《あなえ》は、先程のサザンカ同様静かに黙って聞いている。

「………………」

「あ、穴江《あなえ》？」

「あちゃー！　まじかぁ！　くぅ～！　押せばいけると思ったのになぁ！」

「は？」

想定外の反応に、唖然《あぜん》とするサザンカ。

だが、穴江《あなえ》はそんなサザンカの様子などまるで気にすることなく、話し続けている。

「いや、ほら、サザンカって女子からは人気があるけど、男子とはそんなに話さないからさ！　実は結構純粋で、押しに弱いんじゃないかなーって思って……くぅ！　惜しかった！」

これはひどい……。本当にひどい……。

ちなみに、俺の隣のユリを確認してみると、

「うわぁ……、ひど……」

実の兄に向けるとは思えない、ひどい視線を注いでしまっている。

穴江《あなえ》よ……。さすがに、その反応はないんじゃねぇか？

——と、言いたいところではあるが、残念ながらそうは思えねぇのが俺の悲しいところだ。

良《い》いか悪いかはさておいて、フラれた直後にそう言えるてめぇは、すげぇよ。

だってよ……、

「……ぷっ。あんたって、ほんとバカね！　そんなわけないでしょ！」

いつもなら絶対に怒るサザンカが、優しい笑顔でそう返事をした。

「えー！　そうなのかぁ？　でも、サザンカがまともに話すのって、ジョーロくらいじゃないか！　だから……いや、まさかサザンカは！」

「違うわよ！　あいつは、ただたまたま席が隣だから話す機会があるだけ！　変な勘違いをしないでよね！」

「あー！　やけに早口になってる！　やっぱり、サザンカはジョーロを……」

「だから、違うって言ってるでしょ！　それ以上言ったら、ぶん殴るわよ！」

「ひぃぃぃ！　ごめんなさい！」

「ふふっ！　まったく、あんたは」

穴江《あなえ》は、サザンカが自分のことをこれ以上気にしないよう、あえてふざけた態度を取って、自分をピエロに仕立て上げた。……そして、サザンカはそれがちゃんと分かっている。

だからこそ、怒るのではなく笑って、穴江《あなえ》の茶番に乗ったんだ。

「さてと、それじゃあ、あたしはもう行くからね！」

「おう！　また明日な！」

クルリと背を向けて、入ってきた屋上の入り口へと歩いていくサザンカ。

だが、その足取りを途中で止めると、

「穴江《あなえ》！　一応言っておくけど……、あんた、結構かっこいいわよ！」

最後にそう言って、屋上を去っていった。

そして、サザンカが去ったことを確認した穴江《あなえ》も……

「あーあー！　中々うまくいかないな！　けど……、ま、仕方ないよな！」

覇気《はき》のある声を出して、屋上を去っていった。

「……ね？　いい子だったでしょ？」

「うん。すごく、すごくいい人だった……。それに、あーちゃんも……」

屋上での一連の出来事を見ていたユリが、瞳に涙を浮かべながら小さく頷《うなず》く。

結果としては残念な結果に終わってしまった穴江《あなえ》の告白だったが、それでもユリにはしっかりと響いたようで、幸せそうな笑みを浮かべている。

百聞は一見にしかず。超有名な諺《ことわざ》ってのは、やっぱすげぇもんだ。

「ありがとね、ジョーロ、三色院《さんしょくいん》さん！　色々、助けてくれて！　私の知らないあーちゃんのことが分かって、すごく嬉《うれ》しかった！　あと、迷惑をかけちゃって、ごめんなさい！」

「このぐらい、大したことないよ。気にしないで」

「ふふっ。どういたしまして。私も気にしていないわ」

丁寧にお礼と謝罪をするユリに対して、俺と三色院《さんしょくいん》はそれぞれ返答をする。

三色院《さんしょくいん》って、俺には毒舌だけど、他の奴《やつ》には普通に優しいのな。腹立つわぁ～。

「あと、この本、返すね！　三色院《さんしょくいん》さん」

「ええ。ありがとう」

とりあえず、これで無事……なのかどうかは分からないが、これからは学校に変な噂《うわさ》も流れないだろうし、三色院《さんしょくいん》が必要としてた本も返してもらったし、一件落着と言っていいだろう。

「よーし！　じゃあ、私も帰ろうっと！　あーちゃん、きっとフラれて落ち込んでるだろうし、私が慰めてあげないと！」

「ユリが一緒にいてくれれば、穴江《あなえ》もきっと大丈夫だよ。じゃあ、……校門まで送るよ」

「うん！　ありがとう！」

※

屋上を去って、ユリを校門まで送り届けた俺は、そのまま三色院《さんしょくいん》と二人で図書室へ。

本当はさっさと生徒会室に戻って、コスモスに施設確認異常無しの報告をしたかったのだが、三色院《さんしょくいん》から『図書室に本を戻すまで付き合え』と言われたので……、まぁ今回はこいつの世話にもなったわけだから、その礼代わりに付き合っている。

「ありがとね、三色院《さんしょくいん》さん。君のおかげで、色々助かったよ」

「ジョーロ君が私にお礼を言うなんて、珍しいじゃない」

だろうな。自分でもそう思ってるよ。

「でも、別にお礼なんて必要ないわよ。私にとっても、とても有意義なことだったもの」

「そうなの？」

「ええ。最近、少し不安だったの。もしかして、自分の判断は間違えていたのかもしれないって。でも、今回の件でちゃんと再確認できて安心したわ。ジョーロ君、貴方《あなた》は上辺だけじゃなくて、その人の中身までちゃんと見られる素敵な人よ」

うっ！　普段、毒舌ばっかお見舞いされてるからか、素直に褒められると妙に照れくさいな。

こいつも、こんな風に笑うことができるんだな。

「あら？　そんなに熱烈な視線で私を見ているということは、もしかしてジョーロ君は、私に熱き想《おも》いを抱いてしまったのかしら？　いやん、恥ずかしいわ」

気のせいだった。

クネクネして、おぞましいったらありゃしない。

「そういえばさ、三色院《さんしょくいん》さん。一つ、聞いていい？」

「何かしら？」

「気になってたんだけどさ、どうしてユリに、自分のあだ名のことを伝えなかったの？　僕に自己紹介した時は、名前を省略すると、『三色菫《パンジー》』になるからそう呼べっていったよね？」

「そうね。でも、誰かさんは未《いま》だにそう呼んでくれていないわ」

呼ぶわけがねぇだろが。あだ名ってのは、親しい人間に対して使うものであって、そうじゃねぇ相手には使わねぇんだ。だから、俺は三色院《さんしょくいん》をあだ名では呼ばない。

「ま、まぁ、そうかもだけど……」

「だから、名乗らなかったの。最初に教えた人に、最初に呼んでもらいたいですもの」

つまり、うちの学校で三色院《さんしょくいん》のあだ名を知ってるのは、俺だけってことかい。

だったら、誰がつけたあだ名なんだよ、それ……。

「だから、貴方《あなた》にそう呼んでほしいわ」

「い、いや……、正直に言っちゃうと、僕達、そんなに仲良くないし……」

「……さみしいわ」

まずいな……。なんか知らんが、今日の三色院《さんしょくいん》はやけに可愛《かわい》い……。

このままだと、情にほだされて、ついこいつの要望に応えそうになっちまう。

こりゃ、早々に退散したほうが良さそうだ。

「え、えっと、本は取り戻したし、僕はそろそろいくよ！　じゃ、じゃあね、三色院《さんしょくいん》さん」

「あら？　いいのかしら？」

「いいって、何が？」

まだ何かあるのかよ！　もう勘弁してくれって！

……ん？　こいつはなぜ、ユリから返してもらった本……『女の子と仲良くなる１００の方法』を掲げて見せてきているのだ？

「この本は、借りなくていいのかしら？　と聞いているのよ」

「大丈夫だよ。僕、そういうのに今は興味ないからさ」

なんてな。ぶっちゃけ、興味津々《きょうみしんしん》だが、ここで借りたらこいつに変な情報を与えかねん。

だから、そういう本は小遣いをはたいて自分で買うに限るってわけだ。

「残念ね。借りてくれたら、返しにきてくれた時に私が焼いた美味《おい》しいクッキーを食べさせてあげたのに」

こいつ、このビジュアルでお菓子なんて作れるのかよ。

しかも、クッキーって……。どう考えても、和菓子のビジュアルだろ……。

「それは、またの機会にするよ」

「なら、次に一緒に過ごす時は、私の焼いてきたクッキーを食べてくれるのかしら？」

なんなんだ、こいつは？　いつもは毒舌ばっかりのくせに、今日はやけに甘えてきやがって。

……くそ。普段なら、ぜってぇ断るんだが……。

「楽しみにしてるから、その時はよろしくね」

自然と口から、その言葉が漏れていた。

「ありがとう。こんな根暗でダメな女の子にも優しくしてくれて、とても嬉《うれ》しいわ」

自分で分かってるなら、少しは改めろっつーの。

「それじゃあ……、僕はそろそろ行くね」

「ええ。……またね、ジョーロ君」

最後にそう言葉を交わすと、今度こそ俺は図書室を出て、生徒会室へと向かっていった。

さーて、さっさと生徒会室に戻ってコスモスとイチャイチャして、明日の朝はひまわりとイチャイチャしよーっと！

俺のラブコメ道は、順風満帆だぜ！

「……あいつの作ったクッキー、美味《うま》いのかな？」

まったく、本当にわけの分からない女だよ。……パンジーってやつは。

…………………

…………

……

――現在。

「さ、もうすぐ昼休みも終わりだし、急いでクッキーを食べてちょうだい。はい、あーん」

「だから、食わねぇって言ってんだろ！　しつこいぞ、パンジー！」

ほんっと、この女の諦《あきら》めの悪さは筋金入りだな！　不貞腐《ふてくさ》れて終わりだと思ったら、あっという間に復活して、俺の口にクッキーを押し込もうとしてきやがった！

「しつこくなんてないわ。ほんの十四回目じゃない？」

「今日の昼休みだけでな！　十分、しつこいわ」

「だって……約束したもの……」

「だから約束通り、ちゃんと昼休みに図書室に来てるだろが！」

「そっちじゃないわ」

はぁ!?　こいつは、いったい何を言ってんだ？

「私、前にも貴方《あなた》と約束したわ。なのに、貴方《あなた》は約束を破ってばかり。……ひどいわ」

うっ！　なんか知らんが、やけに落ち込み始めたぞ。

普段は傍若無人《ぼうじゃくぶじん》が服を着て歩いているような奴《やつ》なのに、いきなりしおらしくなって……。

「お、おい、パンジー……」

「…………」

まずい……。なんか本格的に落ち込んでるっぽい……。

「悪かったって！　その、何の約束をしたか忘れちまって！　た、ただよ……できれば、どんな約束をしたか教えてもらえると……」

「もう、ジョーロ君ったら、そんなに慌てちゃって。可愛《かわい》いんだから……」

少しでも甘いツラをした俺がバカだった。

あっという間に復活。やけにキラキラした眼鏡でこっちを見てきて、とてもうざい。

「なら、約束通り私のクッキーを食べてもらおうかしら」

「生憎《あいにく》だが、俺はてめぇとんな約束をした覚えはねぇ」

「したわ」

「してねぇな。……俺はあくまで、『楽しみにしてる』って言っただけだ。てめぇのクッキーを食うとは言ってねぇ」

俺がそう言うと、パンジーにしては珍しく少し驚いたようで、目をパチパチとさせている。

ふん。毎度毎度、てめぇの思い通りになると思うんじゃねぇぞ。ざまぁみろだ。

「ふふっ。ちゃんと覚えてくれていたのね。とても嬉《うれ》しいわ」

「たまたま印象的だったから覚えてただけだ。調子に乗んな」

やけに上機嫌に笑いやがって。……こいつって、普段はメチャクチャ地味で、どうしようもねぇ外見のくせに、たまに可愛《かわい》いんだよな。

無論、態度に出したら調子に乗ること間違いなしだから、隠し通すが。

「なら、今日はここまでにしておくわ。ずっとそばにいられなかった貴方《あなた》と、こんなに長い時間一緒にいられたのだもの。すごく楽しかったわ。……それに、ちゃんと呼んでもらえたし」

「俺は果てしなくつまらなかったがな」

一人で満足気な顔をしやがって、こっちばっか大損してる気分だ。

もういい。これ以上、こいつのことを考えてもストレスが増すだけだ。

さっさと、教室に戻ろう。

「じゃあな。……パンジー」

「ええ。またね、ジョーロ君」

最後にそう言葉を交わすと、俺はズカズカと図書室をあとにしていった。

さてと、そんじゃあ次の体育の時間は、サンちゃんの好きな子調査といくか。

これ以上、状況が悪化しないといいんだけどな……。

「もう一つの約束も、きっと思い出してくれるわよね……ふふっ。とても楽しみだわ」

俺は手伝いたくない

「ジョーロ。少々お時間のほう、よろしいですか？」

「……ん？　どうした、あすなろ？」

　とある日の昼休み。図書室から自分のクラスへ戻った俺のもとにやってきたのは、西木蔦《にしきづた》高校新聞部の羽立桧菜《はねたちひな》……通称『あすなろ』。どうも機嫌がいいようで、トレードマークのポニーテールが、犬の尻尾のようにピロピロと左右へ揺れている。原理は謎だ。

「実は、折り入ってジョーロにお願いがあるのです！」

　今日も愛用の赤ペンを右手に持ち、ビシッと俺に突きつけてきた。

　あすなろからの『お願い』か……。ここ最近、閉鎖の危機に瀕《ひん》した図書室の件で、色々と助けてもらっているから、礼という意味も込めて二つ返事で了承したいところだが……

「内容を聞いてから判断してもいいか？」

　念には念を入れておこう。

「もちろんですよ！　私も、これから説明する気満々でした！」

　近い、近いです、あすなろさん。

　説明のやる気に比例させて近づいてこないで。結構、ドキドキしちゃうから。

「ジョーロ、顔が赤いですよ？」

「気のせいだろ……」

少しは周りの視線を気にしてくれ。

「そうですかねぇ〜？」

超至近距離で、下から覗《のぞ》きこむように見つめる仕草。

確実に狙ってやっているのだろうが、それが分かっていても耐えられるものではない。

なので、即座に退却を開始。二歩後ろへ下がり、普通に会話できる距離まで移動した。

「むぅ……。いくじなしですね……」

下唇に赤ペンを当てて眉をしかめる姿も可愛《かわい》らしいとは思ってしまうが、そいつに気づかれるのは男のプライド的に悔しい。早く話を戻そう。

「いいから、さっさと本題に入ってくれ」

「分かりました！　それでは、私のお願いですが……ジョーロには今日の放課後、図書室の手伝いではなく、私と一緒に野球部の練習に参加してほしいんです！」

「は？」

なにそれ？　どういうこと？

野球部は甲子園に向けて練習しているけど、なんでそれにあすなろと俺が参加するわけ？

まさか……

「ダイエットでも始めるのか？」

「失礼ですよ！　私は、別に体重で悩んでいません！　そもそも、ダイエットなんてしてしまったら、貴重な脂肪も落ちる可能性があるじゃないですか！　まったく！」

体重の悩みはないようだが、別の悩みはあるようだ。

そういや、たまにツバキとひまわりと三人でその手の話題を話してるよな。

女の子は大変だ——とまぁ、それはさておき、

「だったら、なんで野球部の練習に参加するんだよ？」

「ほら、思い出して下さいよ！　少し前に、野球部に所属するとある方の特集記事を組むと約束したではないですか！　ですから、その取材のために練習に参加したいんです！」

はて？　野球部に所属する奴《やつ》の特集記事とな？　サンちゃんのことか？

まぁ、サンちゃんは野球部のエースだし、今最もうちの学校で注目を集めている男と言っても過言ではないから分からんでもないが……

「なるほどな。……それで、俺も一緒に来てほしいってことか」

「はい！　その通りです！」

サンちゃんといえば親友の俺だからな。取材をするのであれば、欠かせない存在だろう。

ただなぁ……

「そのために、図書室の手伝いに行かねぇってのは……」

目下、図書室では閉鎖危機以外にももう一つ、どえらい問題が発生している。

詳細は省《はぶ》くが、その問題の都合上、放課後は特に図書室の手伝いに行かなければならない。

じゃねぇと、あいつが……

「大丈夫ですよ！　今日の放課後は、コスモス会長もひまわりもツバキも図書室の手伝いに行ってくれますし、助《すけ》っ人《と》の唐菖蒲《とうしょうぶ》の方々は別の予定があるから来れないですし！」

なに、その都合がよすぎる展開？

今まで、あいつらが放課後に来なかった日なんて一度もなかったよね？

「それもあって、ジョーロに手伝いをお願いしたんです！　本当に大変だったんですからね！　色々と情報操作をして、コスモス会長達全員が図書室の手伝いに参加でき、且《か》つ唐菖蒲《とうしょうぶ》の方々が来ない日を作り出すというのは！」

どうやらご都合主義だったというわけではないらしい。

やろうと思ってできちゃう辺りに、あすなろの恐ろしさの片鱗《へんりん》を感じるが……。

「分かった。だったら、今日の放課後はあすなろの手伝いをさせてもらうよ」

ここ最近は助けられてばっかだし、恩返しの機会にはちょうどいいよな。

「本当ですか！　ありがとうございます！」

「では、今日は……」

「ああ。あすなろと一緒にサンちゃんの――」

「たんぽぽの取材をしてくれるんですね！」

「すまん。断る」

あすなろよ、世の中には、できる恩返しとできない恩返しがあるんだぞ。

「ちょっと！　なんで、突然態度をひるがえしたんですか！」

「想定外で管轄外の相手だったからな。断ろうと決心した」

たんぽぽ……、本名は蒲田公英《かまたきみえ》。一年生で野球部のマネージャーを務める美少女だ。

しかし、そのビジュアルと反比例する、圧倒的な知能指数の低さ。

一言で言うと、アホ。二言で言うと、アホアホ。

俺に心の底から蔑《さげす》まれている、西木蔦《にしきづた》高校のアホ神様だ。

自分が大好きで大好きで仕方がなく、全ての男は自分に従うと本気で思っちゃっている頭のネジがぶっ飛んだ女。かかわっても、ロクでもないことにしかならないのは目に見えている。

そういや、前にあすなろはたんぽぽと約束してたな……。

たんぽぽが俺に大嘘《おおうそ》をついて、パンジーとサンちゃんを恋人同士にする手伝いをさせようとした時、その話を聞きつけたあすなろが、『たんぽぽの特集記事を組んで、貴女《あなた》の人気を不動のものにしますから、私も混ぜて下さい！』って言って、俺とたんぽぽの嘘《うそ》まみれの作戦に参加してきたんだ。あの約束をちゃんと果たそうとするとは……

「つか、んな約束守らなくていいだろ？　どうせあいつ、忘れてるって」

アホだし。紛《まご》うことなき、圧倒的なアホだし。

「たんぽぽが忘れていても、私が覚えているのですから守るべきです！　それに、たんぽぽは……とても可愛《かわい》くて大に……くっ！　んきですからね！　記事を掲載したら大盛り……上がり、間違いなしです！　これを取材しないわけには……いかないでしょう！」

ねぇ、それ本心？

ちょいちょい変な間がある上に、『に』と『ん』の間で思いきり俺から目をそらしたけど？

「……本当に、たんぽぽは人気があるのか？」

「も、もちろんです！」

絶対に俺の目を見ない上に、額が妙に汗ばんでいますよ。

けど、ここで嘘《うそ》って決めつけるのもどうかと思うんだよな。

なんせたんぽぽは、一学期の序盤で全学年女子の人気投票ともいえる、花舞展《かぶてん》の推薦で三位に輝いた実績持ちだ。つまり、少なくともうちの学校で三番目に人気があるとも……

「すごく大人気でしたよ！　……一学期当初は……」

なるほど。一学期序盤はアホと認識されず、ビジュアルでごまかせていたと。

「やっぱり、行かなくていいか？」

「そんなこと言わないで下さいよ！　貴方《あなた》がいないと、取材ができないんですって！」

「なんでだよ？　あすなろが一人でやりゃいいだろが」

「どうしても、どうしてもジョーロの力が必要なんです！　その理由は、たんぽぽに会えば分かりますから！　それに、私としても今日だけは……」

うっ！　どうもあすなろに必死な目で見られると、無下には断りづれぇな……。

たんぽぽに会わなきゃ分からねぇ俺が必要な理由は果てしなくどうでもいいが、あすなろの懸命な態度にはついつい頷《うなず》きたくなってしまう自分がいる。

真剣に見つめる少し潤《うる》んだ瞳《ひとみ》、制服をキュッとつかむ震えた手。

ほだされてはいけないと分かりつつも、ここまで必死に取材のことを考えていると思うと、ほだされてしまう自分がいるわけで……

「こんなチャンス、二度と来ないかもしれないんです……。ただでさえ、他の方に後《おく》れを取ってしまっている私にやってきた大チャンス！　これをどうしても……活《い》かしたいんです！」

「メインの目的の取材は、どこにいったんだよ!?」

一秒前の自分を殴りたくて仕方がなくなったよ！

「勘違いしないで下さい！　あくまで、取材はついでです！」

「せめて、取材のついでって言ってほしかったよ！」

ツンデレ風味にみせかけて、バリバリ本音を出してくるとかすごいな！

「そんなの知らねじゃ！　わぁがジョーロと一緒に取材するっつってらはんで、今日は絶対に、もうぜぇぇぇったいに手伝ってもらうはんでな！」

思わず、普段は敬語で隠している津軽弁《つがるべん》が飛び出してくるぐらい本気らしい。

こりゃ、俺がどれだけ断っても譲りそうにねぇな。

はぁ……、ぶっちゃけ面倒でしゃあないが……

「……分かったよ。なら、あすなろの取材に付き合うよ……」

「んだが！　わぁ〜！　ありがとう！」

「へいへい」

幸い、気づかれてねぇしいいよな？

本当は、一生懸命頼んでくるあすなろがやけに可愛《かわい》くて、引き受けたってことはさ。

いつも強引な手段を使ってくるけど、それだけ必死って思うと……断れねぇんだって。

「……こほん。では、この後の休み時間に、たんぽぽへ取材の許可を取りに行きましょう！

もし、断られてしまった場合は、仕方がないので私とデートを――」

「普通に、図書室の手伝いに行く」

「むぅ……。ジョーロはけちんぼですね……」

※

五時間目が終わった後の休み時間。俺は、あすなろと共に一年生フロアへ。

なんっつーか、自分の通う学校でも、普段自分が来ない場所ってのは緊張するな。

去年まではこのフロアを使っていたんだが、俺達の時とは全然空気がちげぇし。

あすなろはどうなんだろう？

普段から新聞部の活動で、西木蔦《にしきづた》高校の様々な場所に行ってるだろうし、

「ふふっ！　ジョーロと取材♪　ジョーロと取材♪　ジョーロとデート♪」

緊張はしていないようだが、最後に妙な一言が混ざっていて不安で仕方がない。

「えーっと、たんぽぽのクラスは一組だったはずなので、……あそこですね！」

一応、取材をするつもりはあるようで、赤ペンでビシッとタンポポのクラスの学級表札を指し示す。あいつって一組だったのか。……奇《く》しくも、去年の俺と同じクラスだな。

ほんじゃま、チラッと中をのぞかせてもらって……あ、いたいた。

なんか窓際《まどぎわ》に一人でポツンと突っ立っているが、あいつって友達とかは……

「ひょわ～。今日はお昼休みも頑張ってしまい、とても疲れました。むふぅ～……」

昼休みに何をしていたかは知らんが、疲れているらしい。

ほんの少しだけ背中を丸めているのは、疲労の表れだろうか？

が、それも束《つか》の間《ま》、やけに笑顔で窓を見つめると、

「……おや？　窓さんったら、そんなキラキラと私を映し出しちゃってぇ～！　そんなに、天使の私が可愛《かわい》すぎましたか？　……え？　私のワタワタダンスが見たい!?　んもぉ～う！　仕

方ないですねぇ～！　なら、特別に踊ってあげちゃいますよぉ～！」

「あすなろ。念のため確認するが、本当にアレの取材をするのか？」

「そうですね……。アレの取材をします……」

さすがのあすなろも、突如窓際《まどぎわ》で踊りだすアホは許容範囲をオーバーしていたのだろう。

さっきまでのハイテンションが嘘《うそ》のような、とてもドン引きした表情をしている。

「私は天使♪　世界の天使♪　銀河の天使♪　今日も響《ひび》かせますエンジェルボイス♪　広がるプリティ～♪　エンジェルパラダイスぅ～♪　右にむふ♪　左にむふ♪　上にもむふ♪　でも、下にはしませんよぉ～♪　マントルさんがときめき爆発しちゃうから～♪」

あれが末期のアホか……。

「とりあえず、取材許可を取りに行きましょうか……」

「そうだな」

俺達は、内心でうんざりとしながらたんぽぽの下へ向かっていった。

「おい、たんぽぽ」

「むふふぅ～ん♪　むふふぅ～ん♪　もうすぐ起きるエンジェルビックバ……おや？」

アホアホダンスに興じるアホも俺達に気づいたようで、きょとんとした表情をしている。

が、それからすぐに……

「ひょ！　ひょわわわわわ！　は、羽立《はねたち》先輩です！　羽立《はねたち》先輩がいます！」

なんか知らんが、あすなろを見てすさまじく怯《おび》え始《はじ》めた。

「ち、近づかないで下さい！　羽立《はねたち》先輩は近づかないで下さい！　むしゅるるる！」

いったい、この二人に何があった？

「たんぽぽ、何もしませんから話を聞いて下さいよ！　貴女《あなた》にお願いがあるんですって！」

「そんな言葉に私は騙《だま》されませんよ！　どうにか逃げないと！　そうだ！　こっちです！　ここから一気に逃げれば……ひょばっ！」

相当慌てているようで、周囲をキョロキョロと見回した後、窓に激突した。

なぜ、そのチョイスをしたのだろう？　とりあえず、窓が割れなくてよかった。

「い、痛いですぅ～！　どうしてすり抜けられないんですか～……」

赤くなった鼻を、涙目でさすっているところ悪いが、俺としては、どうしてすり抜けられると思ったかを教えてもらいたい。

「これが、ジョーロに来てほしかった理由です……」

「一応、詳しく聞いておこうか」

「ほら、以前に私はたんぽぽの過去を色々と調べて暴露したじゃないですか。それ以来、どうも警戒されてしまっているようで、……実は今朝に一人でお願いをしにいった時も、威嚇された後に逃げられてしまったんです」

野生動物か、こいつは。

「なるほどな。……つか、それだったら俺がいても同じ結果じゃねぇのか？　俺もあすなろと一緒にたんぽぽを問い詰めたわけだしよ」

「いえ、それが……」

ん？　あすなろが、なんかたんぽぽに視線を戻したぞ。

「むふぅ～……。こんな時に、私の忠実なる奴隷の如月《きさらぎ》先輩がいたら……はっ！　如月《きさらぎ》先輩もいます！　わぁ～！　如月《きさらぎ》先輩です！」

今まで、俺の存在に気づいてなかったんかい。

嬉《うれ》しそうに周りをチョロチョロするのは百歩譲って可愛《かわい》いとしても、腹の立ちすぎるワードが混ざっていて苛立《いらだ》ちのほうが遥《はる》かに勝った。

「とまぁこのように、なぜかジョーロはたんぽぽに懐《なつ》かれているんですよ」

全然嬉《うれ》しくない情報をありがとう。

「んもぉ～う！　私を愛《め》でたいからって、わざわざクラスにまで来るなんて、如月《きさらぎ》先輩は生粋《きっすい》のワタゲストですねぇ～！　むふふふ！」

俺は、断じてワタゲストじゃない。

「どこから愛《め》でますか？　やはり、プリティーすぎる頭を撫《な》でるところから？　それとも、忠誠を誓《ちか》うために、靴を丹念に舐《な》め――」

「そうじゃねぇよ。俺はあくまでも付き添い。てめぇに用があるのは、あすなろだ。てめぇと

んです！　さぁ、やってしまいなさい！」

「羽立《はねたち》先輩？　……はっ！　そうでした！　如月《きさらぎ》先輩、羽立《はねたち》先輩がまた私を恐怖に陥《おとしい》れにきた
の約束を果たしたいんだとよ」

「いいからあすなろの話を聞け」

「むぎょっ！　い、痛いです！　いきなりチョップはやめて下さい！　むっふー！」

　ほんの十秒前のことを忘れるな。

「あのですね、たんぽぽ。私は決して貴女《あなた》に危害を加えに来たのではなく、約束を果たしにき
ただけなんですよ」

「約束？　……はて？　そんなこと、ありましたっけ？」

　案の定、きれいさっぱり忘れていたな……。

「ほら、思い出して下さいよ。前に、貴女《あなた》の特集記事を組むって言ったじゃないですか」

「……はっ！　言われてみれば、そんな気がします！　もしかして、羽立《はねたち》先輩は……」

「はい！　特集記事を組むための取材許可をもらいに来ました！」

「そうだったんですか！　なのに、私は早とちりをして。……ごめんなさい。むふぅ〜……」

　アホだけど、自分が悪いと理解したら、ちゃんと謝れはするんだよな。

　変なところはしっかりしてやがる。

「いえいえ、気にしないで下さい！　それで、取材許可のほうをいただきたいのですが……」

「もちろん、大丈夫です！　いえ、是非お願いします！　むふふ！」

こうやって、素直に笑ってる時だけは可愛《かわい》いんだよな。こういう時だけは……ん？

なんか、クラスにいる他の奴《やつ》らがやけに鋭い目でたんぽぽを見てる気がするのだが……、

「蒲田《かまた》の奴《やつ》、何なの？　特集記事とか、贔屓《ひいき》されすぎじゃない？」

「野球部のマネージャーになれたからって、調子にのんなよって感じだよね」

「あの、皆さん……。あまり、たんぽぽさんに乱暴なことを言うのは……」

「う、うん……。たんぽぽちゃん、そんなに悪い子じゃないしさ……」

四人組の中で二人の女子が罵《ののし》るような言葉を吐き、一緒に話している上品な女子と、なんかナヨッとした男が、少し遠慮がちにたんぽぽをかばっている。

完全に嫌われてるってわけではないようだが、前半の二人は間違いなくたんぽぽを嫌ってる。

……それに、野球部のマネージャーになれたってのは、どういうことだ？

「むふ！　むふふふ！　いよいよ、私が全銀河を制する日が近づいてきましたね！　はぁ〜！今から楽しみです！　冥王星《めいおうせい》にまであふれるワタゲスト達……むふふ……」

本人はまるで気づいてないみたいで、冥王星《めいおうせい》を制するアホな妄想に夢中だけど。

「では、今日の放課後は、取材をさせてもらうということでよろしいでしょうか？」

「もちろんです！　……あ、ただ、今日の放課後は敵情視察に行く予定なので、それに一緒に来てもらえると嬉《うれ》しいです！　むふ！」

へぇ……。マネージャーって、んなことまでやってんのか。

「分かりました！　では、放課後に校門の前で合流という形でよろしいでしょうか？」

「はい！　それでお願いします！　……あ！　如月《きさらぎ》先輩、念のため鎮静剤を用意しておいて下さいね！　私の可愛《かわい》さのあまり、ときめきエクスプロージョンを起こす可能性が……」

「いらねぇよ」

「おや？　そうですか？　もしかして、すでに一瓶丸々飲んでここに……」

来てるわけねぇだろが。未《いま》だかつて、俺がてめぇにときめいたことは一度もねぇっつうの。

「とりあえず、そろそろ休み時間も終わるし、俺達は戻るぞ。放課後はよろしくな」

「はい！　こちらこそ、よろしくお願いします！　むふふふ！」

こうして、無事に取材許可をとれた俺達はたんぽぽのクラスを後にした。


「なぁ、あすなろ。一つ聞いてもいいか？」

「はい。どうしました？」

クラスに戻る道中、俺はあすなろに声をかける。

もちろん、聞きたいことは……

「たんぽぽって、クラスであんまいい印象を持たれてねぇのか？」

さっきの、一部のクラスメートからのとげとげしい態度についてだ。

学校一の情報通のあすなろなら、一年生の人間関係も知ってそうだからな。

「あ、あー。そうですね……。ジョーロの言う通りです……」

やや苦い表情をしながら、俺の言葉を肯定するあすなろ。

「なんでだ？　あいつはアホだと思うが、別に悪い奴《やつ》じゃねぇとは思うんだが……」

「たんぽぽが、野球部のマネージャーだからです」

「は？」

なにそれ？　なんで野球部のマネージャーだと、他の奴《やつ》に嫌われることに……

「去年、野球部は甲子園一歩手前まで行きました。その影響で、今年の野球部はマネージャー志望の方が非常に多かったんですよ。それで、全員入部させてしまうととてもまとめきれなかったので、入部テストを行ったんです。詳細は知りませんが、かなり厳しいテストだったようで、ほとんどの生徒が不合格になりました」

「そんなことがあったのか。……ん？　てことは……」

「その入部テストで、唯一合格した人物……それが、たんぽぽなんです」

マジかよ。どんなテストかは知らねぇが、たんぽぽだけが合格になるテストだと？

なんだ？　アホ検定でもやったのか？　それだったら、圧勝するだろうが……

「それで、たんぽぽに少々妬《ねた》みのような感情が集中してしまっていて……。特に、野球部に憧《あこが》れている女子生徒から……」

そういうことか。確かに、野球部は去年からやけに人気があるからな。

ある種、身近なアイドル的な存在にもなっている。そんな奴《やつ》らのそばにいられる唯一の女子生徒って考えると……確かに、嫉妬の対象となってもおかしくはない。

「なんで、たんぽぽなんだ？　あいつだけが合格するなんて……」

「そうですね。私も、その謎は是非とも解き明かしたいところです。もしかしたら、今日の取材でそれが分かるかもしれませんよ！」

俺達は、普段のたんぽぽは知っているが、野球部の活動中のたんぽぽは知らない。

つまり、それを見れば……

「ふふっ！　どうですか、ジョーロ？　今日の取材が楽しみになってきたでしょう？」

ニヤケ面のあすなろの言葉を肯定するのは何となく癪《しゃく》だが……

「まぁ……。そうかもな……」

今年の西木蔦《にしきづた》高校は、去年のノーマークの無名校じゃない。

本気で甲子園を目指している、地区大会優勝候補の一角だ。

そんな野球部にたった一人だけ存在するマネージャー……蒲田《かまた》公英《きみえ》。

厳しい入部試験を唯一突破できたという秘密を知れれば、ただのアホだと思ってるたんぽぽへの印象も、少しくらいは変わるかもしれねぇな……。

※

「あっ！　如月《きさらぎ》先輩、羽立《はねたち》先輩！　ここですよ、ここ！」

放課後。すでに校門の前にいるたんぽぽが、俺とあすなろの姿を確認して、バンザイポーズでピョンピョンと自分の存在をアピールしている。

別にそんなことをせんでもいるのは分かってる。

「むふふ！　校門で嬉《うれ》しそうにピョンピョンと飛《と》び跳《は》ねる私……これは、またワタゲストが増えてしまいそうです……」

本当になぜ、こんなアホが唯一野球部のマネージャーテストで合格したのか？

サンちゃんにも聞いてみたんだけど、『あいつと一緒に過ごせば分かるぜ』って言われて、明確な答えは教えてもらえなかったんだよな。

「よう、待たせたな、たんぽぽ」

「よろしくお願いしますね、たんぽぽ！」

「はい！　もう、ぶわっちりと、私の可愛《かわい》さが全宇宙に轟《とどろ》くような記事が書けるよう、いつもより多めに天使成分を振りまきたいと思います！　むふ！」

全宇宙以前に、全西木蔦《にしきづた》にすら轟《とどろ》けてないがな。

「あー、ところで、たんぽぽ……」

「はい！　私の大好物はハンバーグですよ！」

違う、そうじゃない。

「……ふむふむ。たんぽぽの好物は、ハンバーグっと」

律儀《りちぎ》にメモをとるのね……。

んじゃ、俺は俺で聞きたいことを聞かせてもらおう。

「その人は……」

たんぽぽの隣に立つ、仏頂面《ぶっちょうづら》の男の人のことが聞きたかったんだ。

「あっ！　そうでした！　うっかりと紹介を失念していましたね！　この人は、三年生の樋口《ひぐち》先輩です！　私達と一緒に敵情視察に行く人ですよ！　そうですよね、樋口《ひぐち》先輩？」

やっぱり、そうだよな。なんか見覚えのある人だったし。

「ああ。よろしくな、如月《きさらぎ》、羽立《はねたち》」

たんぽぽに紹介され、ほんの少しだけ口角を上げて俺達に手を上げる樋口《ひぐち》先輩。

一見すると、とっつきづらい人かと思ったがそうでもなさそうだ。

「ちなみに、樋口《ひぐち》先輩はレギュラーで二番バッターを務めています！　抜群の守備力と安定した打力！　そして、野球部でも随一のワタゲストで、今日も私が心配で心配でしゃあないから、どうしてもついてきたいと——」

「たんぽぽを一人で行かせたら、どうせロクなことにならないから一緒に来た」

「んもぉ～う！　樋口《ひぐち》先輩ったらぁ～！　照れ隠しは程々にですよ！　むふ！」

果たして、うちの学校にワタゲストは本当に存在するのだろうか？

無駄に新たな謎が一つ増えたな。

「……ふむふむ。樋口《ひぐち》先輩は、野球部随一のワタゲスト……ではない、と」

そこまでメモるんかい。

「如月《きさらぎ》と羽立《はねたち》が来てくれて助かるよ。たんぽぽと二人ってのは、色々と苦労が多そうだからさ。あまり固くならないでくれよ」

「あ、はい！　分かりました、樋口《ひぐち》先輩！」

固くなるなって言われると、逆に固くなっちゃうんだけどね。

コスモスと山田《やまだ》さんぐらいしか、俺って先輩とはほとんど交流がないし……

「まだちょっと固いな。……そうだ。なら、道中は可愛《かわい》い女の子の趣味の話でもするか？」

「え！　いや、それは……」

「ははっ、冗談だよ。とにかく、よろしくな」

どうしよう。未《いま》だかつてないほどに、気さくでまともな人が現れた気しかしない。

こんな人が西木蔦《にしきづた》高校にいたなんて……

「可愛《かわい》い女の子！　つまり、私のことですね！　むふふふ！　では、どこか美味《おい》しいパンケーキが食べられる喫茶店にでも入って……ひょわ！」

ん？　アホがアホなことを言い出したら、樋口《ひぐち》先輩の目がすさまじく鋭くなったのだが……

「随分と面白そうな話だけど、今日の予定とは関係なさそうな話だな、たんぽぽ」

「ひょわわ……。あの、それは……」

「もう一度確認するぞ？　今日は何をしにいくんだ？」

「え、えっと……敵情視察……です……」

「だよな。なのに、パンケーキを食べに行くと？　他のみんなが練習で頑張っているのに？」

「ひっ！　い、行きません！　私、ちゃんと敵情視察をします！」

すげぇ！　このアホが、大人しく言うことを聞いてるじゃねぇか！

「よろしい。ほら、無駄話をしてないでさっさと行くぞ」

「むふぅ～……。樋口《ひぐち》先輩は、今日も厳しいです……」

この人が一緒で本当によかった！

「……ふむふむ。たんぽぽは樋口《ひぐち》先輩に逆らえない、と」

あすなろって、本当になんでもメモにとるんだな。これが、新聞部随一の情報通の裏の姿か。

今日の目的とはまったく関係ないが、これはこれで貴重な一面を見られた気がする。

※

「今日、敵情視察に行くのは七竈《ななかまど》高校。うちの地区で、唐菖蒲《とうしょうぶ》高校と並んで優勝候補筆頭って言われてる名門校だよ」

道中、俺の隣を歩く樋口《ひぐち》先輩が今日の目的地について教えてくれる。

俺は高校野球の知識が皆無なので聞いたことがない高校だが、去年の地区大会の決勝戦で、うちの学校……西木蔦《にしきづた》高校に勝って甲子園行きを決めた唐菖蒲《とうしょうぶ》高校と並ぶという発言だけで、どれだけの相手かは容易に想像がつく。

「そんなに強い高校が他にもあったんですね。……ちなみに、去年は……」

「準決勝で唐菖蒲《とうしょうぶ》高校に負けてる。かなりの接戦だったんだが、唐菖蒲《とうしょうぶ》の四番バッターだけはどうしても抑えきれなかったみたいでな。最後にそいつにホームランを打たれて、な」

「特正北風《とくしょうきたかぜ》ですか？」

「お、そこは知ってるんだな」

去年、西木蔦《にしきづた》高校が負けた理由も同じだ。

最後の最後で、特正《とくしょう》からサヨナラヒットを打たれて……あぁぁぁ！

思い出したら、腹が立ってきた！　けど、悔しいことに悪い奴《やつ》ではねぇんだよな……。

特正《とくしょう》と俺は、今も図書室絡《がら》みで会う機会があるが、実はそれより前……去年の地区大会の決勝戦で、試合前に少しだけ話したことがあるんだ。

大切なバッティンググローブを落として、必死に探し回る姿。

見つかった後は礼儀正しくこっちに感謝してきて、大切にそのバッティンググローブを握りしめてグラウンドへと向かっていった。

あいつも、サンちゃんと同じ野球バカなんだよ……。

「だけど、試合内容としては七竈《ななかまど》が勝っていた。唐菖蒲《とうしょうぶ》はまともに打てたのは特正《とくしょう》だけ。対して七竈《ななかまど》はヒットを量産してたからな。あくまで、点に繋《つな》がらなかっただけ。……もう一度、唐菖蒲《とうしょうぶ》と七竈《ななかまど》が戦えば、結果は逆になるかもしれない」

「そこまでの相手ですか……」

「ああ。特に守備力の高いチームでな。向こうのエースは、サンちゃんと並んで……いや、ある意味サンちゃん以上のピッチャーとも言われてる」

「はぁ⁉　いや、でもサンちゃんは……」

高校球児の中で、屈指の剛速球の持ち主だぞ。

「タイプが違うんだ。サンちゃんのほうが球威や球速は上だけど、コントロールや変化球は七《なな》竈《かまど》のエースのほうが上。去年から、変化球の少なさがサンちゃんの欠点ってのは、みんなで話してたことだからさ」

うっ！　それは、否定できないかもしれない……。

野球に詳しくない俺だが、そのぐらいのことは分かる。サンちゃんの球はとにかく速い。だけど、変化球に乏しいんだ。だから、試合の後半になると、スピードに慣れてきた相手チームからヒットを奪われることはよくある話。

去年の地区大会の決勝戦で、最後に特正《とくしょう》からヒットを打たれたのも、恐らく同じ原因だろう。

「それに、西木蔦《にしきづた》は元々野球の名門校ってわけじゃない。去年結果を出したから、設備は優遇してもらえるようになったけど、元が野球名門校の七竈《ななかまど》とは設備にも大きな差があるよ。向こうは、専用の球場、室内練習場、それにブルペンまであるんだからな」

設備の差が実力の差ではないが、そこまで違うと練習の質に大きな差が出るよな。

付き添いっていう気軽な気持ちでついてきたが、俺も何か一つでも野球部の役に立てるような情報が得られるように、なんとか頑張ったほうが……。

「ま、そんな重く考えなくていいよ。……それに、応援の質はうちのほうが遥《はる》かに上だしな。去年、如月《きさらぎ》が毎試合応援してくれて、本当に助かったんだぜ」

「あ！　いや！　あ、ありがとうございます……」

「お礼を言ってるのはこっちさ」

俺、初めて尊敬できるまともな先輩と出会えたかもしれない。

ところで、俺達の後ろにいるあすなろとたんぽぽは、

「むふふ！　羽立《はねたち》先輩、今日の敵情視察で七竈《ななかまど》の人達を全員ワタゲストにしてしまえば、試合は勝ったも同然！　私のワタートラップのすごさを見せてあげますよ！」

「はぁ……。そうですか……」

緊張とかとは盛大に無縁だけど、失敗する予感しか感じさせない発言である。

かかわっても、ろくなことにならないだろうし、俺は樋口《ひぐち》先輩と話していよう。

ちょうど、聞きたいこともあったしな。

「あのー、樋口《ひぐち》先輩……」

「ん？　どうした？」

「なんでたんぽぽだけが、野球部のマネージャーになれたんですか？　今年、すごく厳しい入部テストがあったって話を聞いたんですけど……」

「あぁ、その件か。まぁ、普段のたんぽぽしか知らないとそうなるよな」

普段のたんぽぽ？　つまり、野球部の時のたんぽぽは、何か違うところが……

「むふ！　去年と違い、今年は私が西木蔦《にしきづた》にいます！　これはもう、甲子園行きは決まったも同然！　……はぁ〜！　楽しみです！　甲子園に行き、超エグゼクティブカリスマビッグバンアイドルとして全国にその勇姿を見せる時が！」

いつも通り過ぎて、とてもコメントに困る。

「アレを見る限りだと、とても信じられません」

「ははっ！　なら、少しだけ教えてやるよ」

「少しだけ、ですか？」

どうせなら、全部まとめて教えてほしいのだが……。

「野球と一緒さ。教わったって、すぐに全部できるようになるわけじゃないだろ？」

どうやら俺がそう考えることまで、樋口《ひぐち》先輩はお見通しだったようだ。

「ちゃんと練習を積まないと、自分のものにできない。だから、教えるのは入り口だけ。出口は、如月《きさらぎ》が自分の力で辿《たど》り着《つ》かないとな」

「分かりました」

たった一年違うだけなのに、この人は本当に『先輩』なんだな。

サンちゃんが、『野球部のメンバーは最高だ』って言う理由が、よく分かるよ。

「というわけで、入り口だけどな。……俺達は、仲間が欲しかったんだ。……それが、たんぽぽだけがマネージャーテストに合格した理由だよ。もちろん、他にもあるけどな」

「はぁ……」

うーん……。よく分からないが、とにかくたんぽぽには、他のマネージャー志望とは違う何かがあったようだ。

どうにもモヤモヤしちまうが、これ以上は聞いても教えてくれないんだろうな。

だったら、今日の取材で、どうにかそいつを理解してやろうじゃねぇか。

※

西木蔦《にしきづた》を出発し、電車に揺られること三十分。そこから、更に十分程歩いた先……俺達は、ようやく今日の目的地である七竈《ななかまど》高校に到着した。したのだが……

「なぁ、たんぽぽ。ここからどうするんだ？　勝手に入って、野球部の偵察をさせて下さいって頼むのは……」

一応、校門は開いているが、かといって他校の俺達が勝手に入っていいものではない。

普通に考えれば、事務所とかで手続きをして入校許可をもらうわけだが、地区大会で戦う可能性のある相手の偵察を許可してくれるものだろうか？

野球名門校ってのが理由なのか、やけにごつい警備員さんが二人もいらっしゃるし……。

「むふ！　確かに如月《きさらぎ》先輩の言う通りですね！　ですが、ご安心を！　だからこそ、この私が敵情視察にやってきたわけです！」

つまり、たんぽぽには何か手段があるというわけか？

もしかして、それこそが野球部のマネージャーに選ばれた……

「むふふぅ～ん！　こんな可愛《かわい》い天使の私が、敵情視察をしたいとお願いして断られるはずがありませんからね！　むしろ、来てくれてありがとうと言われること間違いなしです！」

わけではなさそうだ。なぜ、あんなアホな調子で事務所に突撃できるのか……。

三分後。事務所に突撃していったアホが、やけにムスッとした表情で戻ってきた。

「なぜか、失敗してしまいました！　解《げ》せません！　むっふー！」

解《げ》してくれ。どう考えても無理のある方法だ。

「信じられなくないですか？　私がちょっと『そちらの野球部の弱点を知って、試合でボロ勝ちしたいから、見学させて下さい！』と可愛《かわい》らしくお願いしてあげたというのに、平然と『お断りします』って言ってきたんですよ！　常識がないにも程があります！」

てめぇがな。

「たんぽぽ、別に無理をしなくてもいいぞ。もう少し待てば――」

「何を言ってるんですか、樋口《ひぐち》先輩！　できる限り迅速《じんそく》に、それでいて確実に敵情視察をして、私達の勝利を盤石のものにすべきです！　主に、私の甲子園デビューのために！」

目的がひどい。

「いや、だから――」

「こうなったら、強行突破です！　私が可愛《かわい》らしく一生懸命走れば、その姿を見て警備員さんがときめいて使い物にならなくなるはずですから！」

警備員さん、なめんな。

「如月《きさらぎ》先輩、羽立《はねたち》先輩、樋口《ひぐち》先輩！　私に続いて下さい！　むっふぅぅぅぅぅ‼」

「あっ！　待て、たんぽ……あー、行っちゃったよ」

樋口《ひぐち》先輩の制止を聞かずに、とても可愛《かわい》くない全力ダッシュで一気に七竈《ななかまど》高校に突入していくたんぽぽ。その姿を警備員さんに見られないなんてことはなく……


「ひっく！　ひっく！　なぜですかぁ～！　どうして、私がこんな目に～！」

ＦＢＩにつかまった宇宙人のように、警備員さんに運ばれてくるアホが一匹。

随分と抵抗したようで、顔や制服のところどころに汚れが付着している。

「この子は、君達の知り合いか？」

ガタイのいい警備員さんの鋭い視線が、俺達三人にそれはもう見事に突き刺さる。

「いや、えっと……」

「如月《きさらぎ》先輩！　今こそ隠された力を解き放つ時です！　さぁ、この不届《ふとど》き者《もの》をやってしまいなさい！　むっふー！」

黙れ、不届《ふとど》き者《もの》。俺を巻き込むな。

「こ、こら！　暴れるのをやめなさい！」

「嫌ですぅ～！　私は、絶対に敵情視察をするんですぅ～！」

ジタバタと暴れて、どうにか警備員さんを振りほどこうとするたんぽぽ。だが、圧倒的な腕力の差に勝ち目などあるはずもなく、見事なまでに無駄な抵抗になっている。

「うーん。困りましたね……。このままでは、当初の目的であるたんぽぽの取材が……まぁ、できてなくもないですね。これはこれで、それなりの記事になりそうですし……」

いったいどんな記事になってしまうのか……。不安しか募《つの》らないな……。

「はぁ……。まったく、たんぽぽは……お、来たか」

ん？　樋口《ひぐち》先輩、どうしたんだ？　突然、たんぽぽじゃなくて校門のほうを見てるけど……

「よう、樋口《ひぐち》！　待たせたな！　……って、その子どうしたんだ？」

「気にしないでくれ」

校門からやってきたのは、七竈《ななかまど》高校の野球部のユニフォームに身を包む一人の男。

サンちゃんと同じくらいの身長だから、百八十センチメートルあたりか？

つか、この人は……

「七竈《ななかまど》高校のキャプテン、茂見寿人《しげみひさと》だ。……中学時代、俺と同じ野球部だったんだ」

「どもっ！　茂見《しげみ》です！　よろしくな！　えっと、君達は全員野球部なのか？」

「いや、こっちの二人は付き添いだ。それで、あそこで暴れてるのが……」

「むっふー！　放してくださいぃぃぃ！　私は……おや？　貴方《あなた》は、七竈《ななかまど》高校のキャプテンの茂見《しげみ》さんではないですか！　まさか、私を助けるためにわざわざこんな所に⁉」

「この面白い子は誰かな？　樋口《ひぐち》」

「恥ずかしながら、うちのマネージャーだ」

本当に恥ずかしい！　色んな意味で！　――とまぁ、そんなアホはさておきだ。

「樋口《ひぐち》先輩、もしかして……」

「ああ。俺のほうで、あらかじめ茂見《しげみ》に連絡して、今日は敵情視察をさせてくれって頼んでおいたんだよ。それも、俺が今日一緒にきた理由だな」

なんて頼れる先輩だろうか。そうだよな、野球部同士、昔のつながりだってあるよな。

「あ、警備員さん、すんません！　その子も含めて、西木蔦《にしきづた》高校の生徒の入校許可は、俺が取ってるんで、放してあげてもらえますか？」

「そ、そうかい？　分かったよ」

「むぎょっ！」

そこで、ようやくアホが解放。ちょっと体を浮かされた状態で手を放されたからか、とても情けなく地面にベチョッと激突した。……が、本人としてはまったく気にしていないようで
「むふふ！　やはり、私は神に愛されていますね！　まさか、こんなにすんなりと敵情視察ができるなんて！　茂見《しげみ》さん！　今日は貴方《あなた》達の弱点をとことん暴いて、試合では私達が圧勝しちゃうんですから！」

堂々と宣戦布告までする始末である。

「ははっ！　そっか！　お手やわらかに頼むな。小さなマネージャーさん」

たんぽぽ、完全になめられてるな……。いや、たんぽぽだけじゃなく……

「いくら中学時代の知り合いとはいえ、こうしてあっさりと敵情視察を許すということは……、そういうことなんでしょうね……」

俺の隣に立つあすなろが、小さくもらした言葉こそが全てだ。

なめられてるのは、たんぽぽだけじゃない。西木蔦《にしきづた》高校野球部がだ。自分のことではないし、だからこそ敵情視察ができるというのはあるが、それでも……悔しいな。

「さ、来てくれよ！　うちの野球部の練習を見せてやるからさ！」

「ああ。悪いな、大事な時期に邪魔をして」

「気にするなって！　このぐらい、よくある話さ！」

樋口《ひぐち》先輩も、それを理解しているのだろう。

表情や態度は先程までと変わらないが、よく見ると、右手を強く握りしめている。

冷静で優しい人だと思ってたけど、熱い一面もあるんだな……。

「如月《きさらぎ》先輩、羽立《はねたち》先輩、どうですか？　私が如何《いか》に野球部で活躍しているか、よく分かったでしょう？　これからも、まだまだ新たな一面を見せていきますよ！　むふふ！」

今のところ、樋口《ひぐち》先輩が如何《いか》に野球部で活躍しているかと、樋口《ひぐち》先輩の新たな一面しか見られていないぞ、アホよ。

※

七竈《ななかまど》高校のキャプテン……茂見《しげみ》さんに案内されたのは、野球部専用の球場。

そこでは、七竈《ななかまど》高校野球部員同士による、練習試合が行われていた。さすが、野球名門校なだけある。素人《しろうと》の俺が見てもよく分かるくらいに、ハイレベルな勝負だ。

それに、部員数も多い。パッと見ただけで、全部で五十人はいる。

うちの野球部は……、確か二十人くらいだったよな……。

「今は二年生の二軍同士の練習試合だ。この中でいい動きをしてる奴《やつ》がいたら、そいつを補欠、もしくはベンチ入りメンバーに加えようと思ってる」

はぁ⁉ あれで二軍レベルなのかよ！

ぶっちゃけ、選手によっては西木蔦《にしきづた》でレギュラーになれるかもしれないくらいの実力が……

「そうなのか。なら、一軍は何をしてるんだ？」

「もうすぐ夏の大会も始まるし、最終調整だな。今年こそは、絶対に唐菖蒲《とうしょうぶ》に負けるわけにはいかないからな！」

「一応、うちの高校もいるんだが？」

さすがに、ここまで相手にされないことにはカチンときたのか、樋口《ひぐち》先輩の言葉が強くなる。

悪気のない傲慢《ごうまん》さってのは、確かに腹の立つところだ。

「分かってるって。確かに、西木蔦《にしきづた》だと確実にヒットを打ってくるお前と俊足の穴江《あなえ》は厄介だな。……まったく、二人そろってうちの誘いを断って西木蔦《にしきづた》に行くから驚いたよ」

穴江《あなえ》……。俺と同学年の西木蔦《にしきづた》高校で一番バッターを務める男だ。

守備力に少し難点があるが、それを補う圧倒的な俊足が売りの選手。

なんで、茂見《しげみ》さんは穴江《あなえ》のことを知ってるんだろう？

「穴江《あなえ》君と樋口《ひぐち》先輩は同じ中学の出身なんですよ。二人とも当時からかなり有名な選手で、色々な野球校から声をかけられていたのですが、一般受験の西木蔦《にしきづた》を選んだんです」

さすが、我が校一の情報通。色々と詳しい。

「仕方ないだろ。屈木《くつき》が西木蔦《にしきづた》に行くって言ってたんだからな」

「屈木《くつき》かぁ～！　あいつって、ほんと変な人望があるよな！　大賀《おおが》も、屈木《くつき》が口説《くど》いて西木蔦《にしきづた》に入れたんだろ？」

「まぁな。つまり、あいつを誘わなかった七竈《ななかまど》に問題があるんじゃないか？」

屈木《くつき》とは、うちの野球部のキャプテンだ。体格のいい選手で、かなりの大振りが目立つ人って印象しかないけど、……そんなすげぇ人なのかな？

「それはないな。あいつのパワーは魅力的だけど、うちは堅実なヒットを打てる奴《やつ》を重視するから必要ない。それとも、屈木《くつき》には他に何か特別な力が……」

「屈木《くつき》以上に、キャプテンって言葉が似合う奴《やつ》を俺は知らないよ」

「なんだよそれ。俺も一応、キャプテンなんだけど？」

どうやら、こっちでも俺と似たような印象を屈木《くつき》先輩は持たれているようだ。

って、こんなうちの野球部トークをしてる場合じゃなかったな。

俺達は、あくまで付き添いで、たんぽぽの取材をしてるんだ。

……で、あいつはいったいどこに？

「ストライク！　バッターアウト！」

「ちぇ……。打てると思ったんだけどなぁ～。……ん？」

「むふふふ！　貴方《あなた》、いいですねぇ～！」

……いた。今しがた、やけにやる気のない空振りをした選手のところに、なんかチョコチョコと近づいているのだが……何をするつもりだ？

「えーっと、君は……」

「ちょっと細身の貴方《あなた》はとてもラッキーです！　貴方《あなた》を特別に、ワタゲスト七竈《ななかまど》支部の支部長にしてあげましょう！　どうですか？　嬉《うれ》しいでしょう？」

さすが、アホ。本来の目的を、まるで果たそうとしてねぇじゃねぇか……。

「いや、別に……。てか、ワタゲストってなに？」

「またまた、そんなこといっちゃってぇ～！　本当は嬉《うれ》しいんでしょう？　照れずに素直にな

「……むぎょ！　いきなり、首根っこを掴《つか》まれました！　いったい、誰で……ひょわ！　ひ、樋《ひ》口《ぐち》先輩です！」

「たんぽぽ、俺達は茂見《しげみ》から特別に偵察をさせてもらってるわけだよな？」

「はい……。そ、そうです……。ひょわわわ……」

「にもかかわらず、お前は自分のファンを増やすことに専念すると？」

「滅相もございません！　しっかりと、それはもうしっかりと偵察に専念します！」

「なら、よろしい。……悪かったな、試合の邪魔をして」

「え？　い、いや、このぐらいは……」

あっという間に、樋《ひ》口《ぐち》先輩に捕獲されて引きずられてきた。

本当に、どうしようもねぇ……。

「むふぅ～……。せっかく、ワタゲストが増えそうだったのに……。さっきの人に加えて、あの人とあの人……それに、あの人も中々……」

よく分からんが、自分を愛《め》でてくれそうな奴《やつ》に目星をつけていたようで、首根っこを掴《つか》まれながら、チョイチョイと色んな選手を指さしている。

「……本当に、どうしてたんぽぽがマネージャーになれたんでしょうね……」

「まったくだ」

もはや、呆《あき》れることしかできない俺とあすなろである。

「度々、すまん、茂見《しげみ》。うちのマネージャーが……」

「いや、気にするなよ！　……ていうかさ、こんなレベルの試合より、うちのエースのピッチングでも見るか？」

こんなレベルって……。さっき、『ハイレベル』だと思った俺がバカみてぇじゃねぇか。

けど、二軍の選手を見るよりは、試合で戦うエースのピッチングを見たほうがいいよな。

「そうだな。せっかくだし、そっちも見させてもらっていいか？　……たんぽぽも、もう勝手にチョコマカするなよ？」

「分かってますよ！　むっふー！」


それから、俺達が案内されたのは七竈《ななかまど》高校のブルペン。

すげぇな……。高校にこんな設備まであるなんて……。

「……あ、そうだ、小さなマネージャーさん。よかったら、君にはうちの食堂で売ってるアイスでもごちそうしようか？　めちゃくちゃ美味《おい》しいから、きっと気に入るぜ」

「本当ですか！　それは、是非ごちそうされたいです！」

わざわざアイスまでおごろうとしてくれるなんて……。

茂見《しげみ》さん、たんぽぽのこと気に入ってんのかな？

「オッケー。それなら、ちょうど暇な奴《やつ》がいるから、そいつに案内を……」

「はい！　敵情視察が終わった後にぜひお願いします！　むふふ！」

「お、おう……。期待しててくれよ……」

うちのアホが、見事に餌付けされているな……。

まぁ、このアホはもう放っておこう。

それよりも、こんだけの野球名門校のレギュラーバッテリーとは……

「ナイスピー！」

「おう！　次は……」

「カーブだろ？　任せとけよ！」

ブルペンでお互いに会話をしながら、投球練習をするピッチャーとキャッチャー。すごいな、あのキャッチャー。ピッチャーが、何か言う前に次の球種を言い当ててるじゃねぇか。

俺達の存在には気づいているが、こういうことに慣れているのか、特に気にした様子はない。

「随分とバッテリーの息があってるんだな、茂見《しげみ》」

「まぁ、あいつらは小学校時代からずっと一緒にやってる二人だからな」

「そうか……。うちのバッテリーにも見習わせたいよ……」

わずかに表情を曇らせる樋口《ひぐち》先輩。……そういや、うちのバッテリー……サンちゃんとキャッチャーの芝《しば》って仲が良くないんだよな……。

中学時代……いや、確か小学校時代から一緒に野球をやってるけど、芝《しば》がサンちゃんに対して突っかかるような態度をとってて……うわっ！　すげぇカーブだな！

「ひょわ！　すごいカーブです！　おもいきりギュンと曲がっちゃいました！」

「ですね……。なんか、たんぽぽから初めてまともな野球用語を聞いた気もしますが……」

どうやら、一緒に見ていたたんぽぽやあすなろも同じ感想を抱いたようだ。

ちなみに、樋口《ひぐち》先輩は……

「どうだ、樋口《ひぐち》？　うちのエースの球は打てそうか？」

「あの球速で、ストレートとカーブしかないなら難しくないな」

「ま、そうだよな！　なら、特別に……おい！　全部見せてやっていいぞ！」

樋口《ひぐち》先輩の言葉にニヤリと不敵な笑みを浮かべて、バッテリーに声をかける茂見《しげみ》さん。

それに呼応するように、バッテリーはうなずくと、

「なら、行くぞ！　よっと！」

「ひょわっ！」「えぇっ！」

んなっ！　ま、まじかよ……。あんだけ曲がるカーブだけでも恐ろしいのに、他にも大量の変化球を投げ始めたじゃねぇか！

「カーブにスライダー……それにチェンジアップまであるのか……」

「そういうこと！　ちなみに、決め球はスライダーだ！　今年、甲子園に行くために身に付けた必殺技ってところかな！」

茂見《しげみ》さん、相当自信があるんだな。

わざわざ変化球を見せた上に、決め球まで教えるなんて。

「ふぅ……。それじゃあ……」

「オッケーだ！　ありがとな！　もう、普通の練習に戻っていいぞ！」

一通り変化球を投げ終わって一息吐《ひといき》いたピッチャーに、茂見《しげみ》さんが声をかける。

いや、やべぇだろ……。あんな色んな種類の変化球があるんじゃ……

「どうだ、樋口《ひぐち》？　うちのエースの球は打てそうか？」

さっきとまったく同じ質問を、不敵な笑みを浮かべて言う茂見《しげみ》さん。

それに対して、樋口《ひぐち》先輩は……

「難しいが、どの変化球がくるか分かれば……打てなくもない」

「お前にそう言ってもらえたなら、甲子園でも十分に通用するってことだな」

平然と放たれる『甲子園』という言葉。言うのは簡単だが、行くのは簡単じゃない。

それを分かっていてなお、茂見《しげみ》さんはその言葉を言ったんだ……。

「ひょわ〜。すごい変化球ですね……。ですが……、むふふ！　これは、もう私達が勝ったも同然ですね！　あのピッチャーのかたは、私が大好きなようですし！」

あのピッチングを見せられて、よくもまぁこんなのんきなことが言えるもんだ。

正直、俺は認めたくないが……

「大賀《おおが》の剛速球は厄介だが、それは最初だけ。スピードに慣れれば、ストレートだけのあいつの球を打つのはうちの選手ならできる。樋口《ひぐち》も、それはよく分かってるよな？」

「……そうかもな」

その通りだ。スピードだけなら、間違いなくサンちゃんが勝ってる。

だけど、他は……

「さて、敵情視察はこんなもんでいいだろ？　校門まで送っていくよ」

「待ってください！　私のアイスがまだ残ってますよ！　むっふー！」

「っと、そうだったな……。ごめんな、小さなマネージャーさん」

「むふ！　私はとっても優しいから、特別に許してあげちゃいます！」

自信満々の茂見《しげみ》さんと能天気に会話をするたんぽぽ。

色々と練習風景は見せてもらえたが、結局俺達に分かったのは、七竈《ななかまど》高校が恐ろしいまでの……それこそ、唐菖蒲《とうしょうぶ》高校に匹敵する実力を持っているということだけ。

もし、地区大会で当たったら、…………勝てるのか？

※

七竈《ななかまど》高校をあとにした帰りの道中。

行きは、どうにか有益な情報をと張り切っていた俺だが、帰りは正反対。

なんの情報も得られず、ただただ相手の強さに圧倒されるだけだった。

「すごい高校でしたね。野球の名門校というのは、あそこまで徹底して……」

あすなろも、今までうちの野球部の練習しか知らなかったからか、ただただ戦慄している。

「だよなぁ〜。もし、俺達の学校が当たったら……っと、すみません」

口から漏れそうになった弱気を、咄嗟《とっさ》に抑える。

ここには、野球部の樋口《ひぐち》先輩がいるんだ。そんな中で、こんなことを言うのは……

「いや、気にするな。如月《きさらぎ》と羽立《はねたち》が感じたことは間違ってないよ」

「え？」

「正直、去年うちが地区大会の決勝戦に行けたのは、準決勝で優勝候補の七竈《ななかまど》と唐菖蒲《とうしょうぶ》が当たってくれたからだ。……もし、うちが七竈《ななかまど》と当たってたら、負けていた可能性が高い」

そんなことはない。そう言いたかったが、その言葉は喉に留まった。

「それに今年だって、今のままだとやばいな……。茂見《しげみ》はプライドが高いが、したたかな奴《やつ》だ。今日だって、ほとんどレギュラーのことは話してなかっただろ？　それどころか、うちの野球部の話をして、どうにかこっちから情報を引き出そうとしてきた」

うげっ！　あの会話って、そういう意味だったのかよ！

自分達の実力を過信しているようなことを言って、わざとこっちから情報を……

「俺、何か変なこと、言ってませんでしたか？」

「その点なら心配いらないさ。もし、言おうとしてたら、俺が止めてるからな」

よかったぁ〜。これで、俺がうっかり西木蔦《にしきづた》高校の弱点とか言ってたら、シャレにならなかったぞ。そもそも、弱点とかあるのか知らんが……。

「ん〜！　このアイス、美味《おい》しいですね、羽立《はねたち》先輩！　むふふ！」

「そうですね……」

敵情視察を終えた後、茂見《しげみ》さんから買ってもらったアイスを上機嫌にペロペロと舐《な》めるたんぽぽ。こういう時だけは、能天気なこいつが羨《うらや》ましいよ。

今日の敵情視察で、まったく活躍はしてなかったが、あれだけの実力を見せられてもまるでビビらねぇんだからな。

「あの、それで今日の敵情視察は……」

「バッチリだったよ。おかげで、七竈《ななかまど》とも十分に戦えそうだ」

「はい？」

なにそれ？　どういうこと？

紹介してもらえたのは、相手のバッテリーだけで、他は何も……。

「ははっ。その種明かしはこれからするよ。……おい、たんぽぽ」

呆気《あっけ》にとられた俺の態度を見越していたように笑う樋口《ひぐち》先輩が、たんぽぽに声をかけた。

「はい！　なんですか、樋口《ひぐち》先輩！　もしかして、私を愛《め》でたくて仕方がないとか？　んもぉ～う！　仕方ないですねぇ～！」

「今日の視察で、お前のファンになりそうな奴《やつ》の弱点とか特徴って、何かあったか？」

ん？　それって、もしかして最初に見ていた二軍同士の試合のことか？

いや、言っちゃ悪いが二軍の試合なんて……

「そうですね！　最初に打席に立ってたちょっと細い人は、照れ屋さんみたいで内側に来る球を打つのが苦手そうでした！　あと、身長がちっちゃめの人はバントが得意みたいですね！　だから、誰かが塁に出ていたら送りバントをすると思います！　それに……」

樋口《ひぐち》先輩の質問に素直に答えるたんぽぽ。

中々に驚きの内容だ。

あの短時間で、試合をしていた選手の特徴や弱点を見抜くだと？

けど、二軍の選手の情報なんて……

「言っただろ、如月《きさらぎ》？　茂見《しげみ》はしたたかな奴《やつ》だ。あそこで試合をしていたのは、確かに二軍の選手なんだろう。……去年のな」

「は⁉　なら、あそこには……」

「ああ。去年は一年生で二軍だったが、今年になってレギュラーになった奴《やつ》らが混ざってたんだ。たんぽぽは、こういう奴《やつ》だからな。自分にとって有益な……実力のある奴《やつ》を見抜くのが得意なんだよ。つまり、たんぽぽが気に入った奴《やつ》は……」

最終調整をしていると言われていた……七竈《ななかまど》高校のレギュラーってことかよ！

「くく……。あの時の茂見《しげみ》の顔は面白かったよ。たんぽぽが、的確にレギュラーを指すもんだから、大慌てで俺達を引き離してさ……」

そういうことだったのかよ！　なら、あの時茂見《しげみ》さんは……

「どうにか情報を隠したくて、俺達をブルペンに案内したんだよ。特に警戒していたのは、たんぽぽだ。だから、ブルペンについた時も……」

「たんぽぽを引き離すために、アイスを口実に……」

「正解だ。茂見《しげみ》は、プライドが高いのが弱点なんだよ。素直に、『お前は厄介だからこれ以上は見せない』って言えばいいのにな」

マジか……。まさか、あの時茂見《しげみ》さんが一番警戒していたのは、たんぽぽだったなんて……。

なら、活躍していないと思ってたこいつは……

「たんぽぽ、ちなみにピッチャーはどうだった？」

「む？　ピッチャーさんですか？　すごいいっぱい変化球を投げれてすごかったですね！　しかも、すでにワタゲストなのでしょう！　変化球によってちょっとずつ首の角度を変えて、私にアピールしちゃってましたから！　むふふ！」

「はぁぁぁぁ！　お、おい、たんぽぽ、それって……」

「ひょわ！　如月《きさらぎ》先輩、いきなり大きな声を出さないで下さい！　ビックリして、アイスを落っことしそうになっちゃいました！」

「わ、悪い……」

つい、謝ってしまったが、これはとんでもねぇ情報なんじゃねぇか？

投げる変化球によって、首の角度が違う。それって、つまり……

「俺は茂見《しげみ》に言っただろ？　『どの変化球が来るか分かれば、打てなくもない』ってさ」

変化球によって、生じるピッチャーの僅《わず》かな癖。そいつが分かっちまえば……

「ただ、あのピッチャーさんは照れ屋さんなんですね！　最後に一番自信のある変化球……多分カットボールですね！　投げようとしてたのに、やめちゃってました！　むふふふ！」

そういや、ピッチャーが変化球を投げて一息ついた瞬間に、茂見《しげみ》さんがやけにでかい声で一度ピッチングをやめさせていた。あれは……

「茂見《しげみ》は半分嘘《うそ》をついた。確かに、スライダーもあのピッチャーが新しく覚えた決め球なんだろう。だけど、それで全部じゃない。本当の決め球は、……カットボールってことだ」

そこまで分かるとか、どんだけだよ！

「ま、こっちも少しだけ情報を与えちゃったんだけどな。あのまま、俺達を侮《あなど》ってくれてればよかったんだけど、今はもう違う。茂見《しげみ》は、西木蔦《にしきづた》を……たんぽぽを警戒しているよ」

当たり前だ。隠していたレギュラーを見抜くマネージャーなんて恐ろしいに決まっている。

ただ、向こうは癖を見抜かれたことまでは気づいていない。

「ま、まさか……これが、たんぽぽがマネージャーに選ばれた……」

「もちろん、理由の一つだ。けど、一番大事なのはそこじゃない」

これが、一番大事じゃないだって？　いや、これだけでも恐ろしすぎる能力だと思うのだが、

「むふふ！　羽立《はねたち》先輩、西木蔦《にしきづた》高校に戻ったら、最後に部活のお片づけがありますから、そこまで取材をお願いしますね！　私の可愛《かわい》すぎるお片づけを見せてあげましょう！」

「え？　ですが、たんぽぽはもう十分に頑張って、疲れているのでは？」

「むふ！　羽立《はねたち》先輩はおバカさんですねぇ～！　私は、絶対に……ずぇぇったいに甲子園に行くんです！　だから、そのために頑張るのは当然のこと！　アイドルとは、見えないところで誰よりも努力をしているものなのですよ！　むふ！」

「そ、そうなんですね……」

本人はいつものアホな調子で答えているが、並みの根性じゃない。そりゃ、野球部のみんなだって練習で疲れているだろうけど、わざわざ戻ったら片づけまでするなんて……

「本当は今日の敵情視察はさ、俺と穴江《あなえ》で行く予定だったんだ」

「……え？」

「そしたら、たんぽぽが『穴江《あなえ》先輩は守備がへたっぴなんだから練習を優先するべきです！　私が代わりに行きますから！　むっふー！』って言ってさ。わざわざ、昼休みに野球部の練習

の準備を先に終わらせて、今日は敵情視察までしてくれてるんだぜ」

昼休みに俺達がたんぽぽに会いに行ったら、あいつはやけに疲れていた。

あれは、準備を先に終わらせていたから……

「今年の野球部にマネージャー志望は多かった。みんな、絶対に俺達が甲子園に行けるように力を貸すって言ってくれたよ。……でも、たんぽぽだけは違った。たんぽぽだけは、俺達と一緒に甲子園に行くって言ったんだよ。……確かに色々と問題のある奴《やつ》だけど、たんぽぽは立派な西木蔦《にしきづた》高校野球部のベンチ入りメンバーだ」

そういや、ずっとたんぽぽは言ってるな、『私が甲子園に行く！』って……。

だからこそ、たんぽぽが野球部のマネージャーに……。

「ややっ！　樋口《ひぐち》先輩が、何やら上機嫌な顔をしています！　もしかしたら、今なら愛《め》でてくれるかもしれません！　むふふ！　樋口《ひぐち》先輩、普段は我慢してるその熱き想《おも》いをぶつけるなら、今ですよ！」

「そうだな。俺はある意味、ワタゲストだからな」

「ですよねー！　樋口《ひぐち》先輩は野球部随一のワタゲストです！」

チョコチョコとやってきたたんぽぽの頭を、樋口《ひぐち》先輩が優しく撫《な》でる。

それが嬉《うれ》しかったのか、たんぽぽはやけに上機嫌な笑みを浮かべている。

「むふぅ～ん。むふふふ……」

どう見てもアホだが、よく分かったよ。

確かに、野球部のマネージャーはたんぽぽ以外ありえねぇな。

「あすなろ、これは想像以上にいい記事が書けるんじゃねぇか？」

「そうですね！　最初はどうなるかと思いましたが、とても有意義な一日でした！」

七竈《ななかまど》高校を出た時のよどんだ気持ちは全て晴れて、清々《すがすが》しい気持ちで歩を進める俺達。

蒲田公英《かまたきみえ》は、アホだ。普段からロクでもないことしかしねぇし、いつも自分本位。

だけど、やっぱり……悪い奴《やつ》じゃねぇんだよな。


…………………………

……………………

………………

……………

……


地区大会三回戦。西木蔦《にしきづた》高校の対戦校は、七竈《ななかまど》高校。

試合の内容は激しい打撃戦。両ピッチャー共に、前半は抑えられていたが、中盤からはヒットを打たれるようになり、失点が目立った。

だが、その試合を制したのは西木蔦《にしきづた》高校。

七回裏に、穴江《あなえ》と樋口《ひぐち》先輩が出塁。続く、三番四番バッターの芝《しば》とサンちゃんは打ち取られてしまったが、相手の変化球を的確に読んだ屈木《くつき》先輩が特大のホームランを放ち、逆転。

九回表には、２アウト三塁という同点に追いつかれそうなピンチを迎えたが、サンちゃんが細身の四番バッターの苦手とするインコースを攻めて、見事なファーストフライを取り、７－６という結果で試合は幕を閉じた。

試合が終わった後、応援にやってきた西木蔦《にしきづた》の生徒や観客達は逆転スリーランホームランを打った屈木《くつき》先輩を称《たた》えた。

だから俺は、誰にも気づかれていない……

「むふふふ！　屈木《くつき》先輩、ナイスホームランです！　はぁ～！　これで私の甲子園デビューに一歩近づきましたよ！」

ベンチではしゃぐ、一人の少女に小さな拍手を送らせてもらった。

第五章

俺達が手に入れたもの

俺──ジョーロこと如月雨露《きさらぎあまつゆ》には、かつて一つの夢があった……。

本来の自分を偽《いつわ》り、鈍感純情ＢＯＹとして振舞うことで、みんなに嫌われないようにしながら、美少女達とキャッキャウフフと過ごすという大いなる夢が。

だが、現実は無情だ。高校二年の一学期、その夢は潰《つい》えることになる。

俺は今まで隠し続けていたクソ野郎の本性を学校中に知られることになり、これまでに構築してきたありとあらゆる人間関係が破綻《はたん》してしまったのだ。

もはや、俺の高校生活は終わったも同然。

灰色の青春が待っているのだろう──と思っていたのだが、世の中とは不思議なものだ。

最悪のスタートを切った高校二年の一学期。

そこから先も様々な事件に俺は巻き込まれ、今までの人生でも類を見ない濃密な三ヶ月を過ごした結果……、俺の夢はある意味叶《かな》ってしまうのだ。

が、しかしだ。

「おはよう、ジョーロ君。ふふふ、今日も養豚場の豚の排泄物《はいせつぶつ》のような顔面ね。……さ、早く体を起こしてちょうだいな。今日も素敵な一日の始まりよ」

「これが、ジョーロ君の小学校時代の卒業文集かぁ〜！　え〜、なになに？　『涙の日も晴れの日も、手を繋《つな》いで歩いていけるような素敵な女の子と結ばれたいです』。……わぁぁぁぁ！　ロマンチストだねぇ！」

「んー、続きが気になるよ！　えっと、続きは……みーつけた！　んー、届かないよ！　……んーっしょ！　わっ！　なんだか、いっぱい本が出てきちゃったよ！」

「ひまわり、散らかしてはダメじゃないですか。……おや？　何やら溢《あふ》れ出《で》てきた本の中に、少々いかがわしいものが混ざっているような……」

夏休みの朝。俺が目を覚ますと、すでにそこには四人の美少女がスタンバイ。

ある女は、俺に対して腹が立つこと極まりない毒舌を放つ。

ある女は、勝手に俺の卒業文集《はずかしいかこ》を音読する。

ある女は、漫画を読もうと本棚の中身をぶちまける。

ある女は、俺の密《ひそ》かなコレクションを発見し、証拠として撮影。

だからこそ、俺は声を大にして叫ぼうじゃないか。

「俺が求めてたのは、こんなんじゃない！」

「あら？　朝から元気いっぱいね。ふふふ、そんなに喜ばれると照れてしまうわ」

「わっ！　ジョーロ君、どうしたんだい、突然？」

「ジョーロ、うるさい！　お部屋の中は、静かにするの！」

「ふむふむ……。これは、今後の脅迫材料に……こほん。資料として、役立ちそうですね」

なんで、こいつら朝っぱらから俺の部屋にいるんだよ！

プライベートなんてあったもんじゃない、最&悪な状況だ。どうしてこうなった？

「あのな、てめぇら……」

ベッドから上半身だけを起こし、にらみつけるも効果はなし。

四人そろって、上機嫌な笑みで俺を見つめるだけだ。

「なにかしら、ジョーロ君？　特別に貴方《あなた》の言い分を聞いてあげてもいいわよ」

パンジーの上から目線に、腹が立ってしゃあない。

いくら普段の三つ編み眼鏡ではなく、超絶巨乳美女の姿であろうとダメなものはダメだ。

「朝っぱらから、俺の部屋に勝手に入ってアレコレと荒らすんじゃねぇよ!!」

午前八時。今日も如月《きさらぎ》家で、俺の怒声が鳴《な》り響《ひび》いた。

が、叫《さけ》びながらも、俺はもう十分理解していた。この叫びは無駄だと。

なにせこのやり取りは、夏休みが始まってから何度も繰り返されてきているのだから。

「確かに、ジョーロ君の言い分はもっともだね。眠っている男の子の部屋に入り、物色をする。それはあまり褒《ほ》められた行為ではないのだろう」

音読していた俺の卒業文集《はずかしいかこ》を閉じ、コスモスが何やら納得した表情で頷《うなず》いている。

「コスモスさんの言うとーり！　でも、だいじょぶだよ、ジョーロ！」

なにも大丈夫じゃないよ、ひまわりさん。

「そうですね。私達の行動は、常識的に考えると問題があるかもしれません。しかしですよ、ジョーロ。私達は、それが許される立場になったではないですか！」

「はぁ……。どうせそう言うと思ったよ……」

あすなろの言う『それが許される立場』。

これこそが、全ての元凶であり、俺自身がやらかしてしまった最悪の一手。

今年の夏休みの冒頭。俺は今ここにいる四人の少女から『恋人にしてほしい』と告白をされた。そして、それから少し経《た》った高校野球地区大会の決勝戦で四人に対して返事をしたのだ。

え？　なんて返事をしたって？　それは、まぁ……

「だって私達は、全員両想《りょうおも》いなのでしょう？」

はい！　これでーす！　俺、やらかしました！

地区大会の決勝戦で俺が四人にした返答は、『みんな、好きだから、全員と付き合おうぜ！』。

もちろん、俺は一夫多妻制のナーロッパへの転生者ではないので、了承されないことなど分かっていて、あえてこの返答をした。

で、結果として四人は激怒。

俺のアホな提案は、当然のように却下されたわけなのだが、地区大会以降こいつらは……

「ジョーロ、ジョーロ！　今日はなにして遊ぶ？　わたしね、みんなでテニスしたい！」

「あっ！　ずるいよ、ひまわりさん！　今日は、私が考えてきたジョーロ君のお部屋でゴロゴロタイムをやる予定だったのに！」

「ふふふ、二人とも、自分の都合ばかり優先してはダメよ。ジョーロ君は、目黒寄生虫館《めぐろきせいちゅうかん》に興味津々《きょうみしんしん》のはずだもの」

「……ふむふむ。巨乳系のものもありますが、貧乳系のものもあります。つまり、ジョーロは特に胸の大きさにはこだわってないと。……あっ！　ジョーロ、私は何でもいいですよ！　お任せします！」

四人そろって彼女面をして、俺のプライベートをとことん破壊してくるのである。

ずっと憧《あこが》れていたラブコメ生活とは、こんなにしんどいものだったのか……。

もう一生、こんな状況は訪れないとは思うが、今後の教訓として念のためもっておこう。

「今日の予定……か」

で、この暴走娘どもへの返答だが、

「わりぃが、今日は別の予定がある。だから、テニスもゴロゴロタイムも寄生虫も無理だ」

「そうなのね。なら、特別に貴方《あなた》の予定に合わせてあげるわ」

解放するつもりは、サラサラないらしい。

普通、『予定がある』って言ったら、大人しく諦めるもんじゃない？

「それで、ジョーロ君の予定は何なのかしら？」

長いまつげを揺らしながら、黒真珠のような瞳《ひとみ》を俺に向けるパンジー。

思わず見とれてしまいそうになるが、それに気づかれたら調子に乗ること間違いなしなので、すんでのところでこらえる。くそ。余裕綽々《よゆうしゃくしゃく》の態度をしやがって……。

「今日は、野球部の練習を見に行くんだよ」

「「「…………っ!!」」」

「……っ！　そ、そう……」

あれ？　なんか四人そろって、やけに表情が強張《こわば》っているぞ。

俺、変なこと言ったか？

※

朝食と着替えを済ませ、準備が整った俺はパンジー達四人と一緒に西木蔦《にしきづた》高校へ。

今年の地区大会の決勝戦。

西木蔦《にしきづた》高校は唐菖蒲《とうしょうぶ》高校と争い、見事去年の雪辱を果たし、甲子園出場を決めた。

そして、その野球部のエースが俺の親友である大賀太陽《おおがたいよう》……サンちゃん。

だから、サンちゃんは甲子園に向けてほぼ毎日練習漬け。

折角の夏休みに、あまり会えないのも寂しかったので、練習でも見学させてもらいがてら、

あわよくば少しくらいサンちゃんと話せたらなという魂胆《こんたん》でやってきたわけだが、

「私、図書室の様子を見てくるわね。終わったら、呼んでほしいわ」

「お、おう……」

一緒についてきたパンジーは、校門をくぐると同時に野球部のグラウンドには向かわず、早々に図書室へと向かっていってしまった。

「あいつ、マジでどうしたんだ？」

本来なら、パンジーから直接事情を聞いたほうがいいとは思うが、あいつが自分から言い出さない以上、聞き出すのは困難を極めるだろう。

なので、俺が取るのは別の手段。

ちょうどよくいるからな。

「これは、思わぬチャンスが到来したね！　ジョーロ君、素晴らしい判断だよ！」

「ジョーロ、グッジョブだよ、グッジョブ！　ぜんざいいちくうの時は今だよ！」

「そうですね。ここにきて、ようやくといったところでしょうか」

確実に事情を知っているうえに、今にもその事情を漏らしそうな奴《やつ》が三人ほどな。

千載一遇《せんざいいちぐう》な。

「というわけで、ジョーロ君！　君に、是非とも協力してほしいことがある！」

「なんでしょうか？」

三人を代表して、俺に意気揚々と語り掛けてきたのはコスモスだ。

「この作戦を手伝ってほしいんだ！」

コスモスが愛用のコスモスノートを、俺の目の前にデデンと広げる。

すると、そこには『パンジーさん、サンちゃん、仲直り大作戦』と書いてあった。

もしかして、これがパンジーのテンションが低かった理由だろうか？

「一ついいですか？」

「なんだい？」

「サンちゃんとパンジーって、別に喧嘩《けんか》をしてませんよね？　だから、仲直りなんてする必要がないんじゃや……」

「むー！　ジョーロ、バカ！　まだまだお子様なんだから！」

脳と外見がお子様娘に、お子様呼ばわりされた。とても腹立たしい。

「そうですね。確かに、パンジーとサンちゃんは喧嘩《けんか》をしたわけではありません。……ですが、その、ほら、ちょっと問題があったじゃないですか。……地区大会決勝戦で」

あすなろにしては、随分と歯切れの悪い返答だ。

地区大会決勝戦で起きた問題だと？

あそこで、パンジーとサンちゃんにあったことって……

「あっ！　そういうことか！」

「はい！　そういうことです！　お察しいただいて、非常に助かります！」

ようやく、色々と合点《がてん》がいった！　確かにあれは気まずい！

今年の地区大会の決勝戦。そこでサンちゃんは、唐菖蒲《とうしょうぶ》高校に勝利して無事に甲子園出場を決めることに成功した。……だが、なにもかもが上手《うま》くいったわけではないんだ。

サンちゃんが、たった一つだけしてしまった大きな失敗。

失恋。

自分の立場上、非常に複雑なのだが、サンちゃんはずっとパンジーが好きだった。

そして、パンジーと『西木蔦《にしきづた》高校が甲子園出場を決めたら、自分の恋人になってほしい』という約束をしていたのだが……それは、嘘《うそ》の約束。

サンちゃんはある男からパンジーを助けるために、あえて嘘《うそ》の約束をして、俺に教えてくれたんだ。あいつは、パンジーに恋人ができたとしても決して諦めない男だと。

なお、その男の件については省略させてもらう。

なぜなら、俺はそいつのことが名前を出すのも嫌なくらい嫌いだから。

で、その嘘《うそ》の約束をサンちゃんは自ら放棄して、パンジーと恋人にならなかった。

これが、今年の地区大会の決勝戦で起きた、サンちゃんの失恋。

あの約束を破棄した直後、サンちゃんはいつもの明るい様子でパンジーに別れを告げていたが、パンジーのほうは気にしちまってたか。

……いや、まぁ、気にしないほうが無理ってもんだよな……。

「というわけで、ジョーロ君！　君に、是非二人の仲を取り持ってほしいんだ！」

「お願い、ジョーロ！　ジョーロがいないと、無理なの！」

「私からもお願いします！　この通りです！」

必死に俺を見つめるコスモスとひまわり。深々と頭を下げるあすなろ。

一学期に俺達は全員、恋愛を巡《めぐ》って大きなトラブルを起こしてしまった。

そして、自分の想《おも》いが叶《かな》った奴《やつ》なんて一人もいない。

誰一人として、自分が一番欲しいものを手に入れることはできなかった。

人間関係なんて面倒だ。こんなに嫌な思いをするなら、もう築かないほうがいい。

そう思った経験は数えきれない。だけど、それでも……

「分かった。できるかどうかは分からねぇが、俺も協力させてもらうよ」

俺達が手に入れることができた『別のもの』を守るために、俺はそう伝えた。

※

野球部のグラウンドに残されたのは、俺一人。

コスモス達三人は、パンジーのそばにいるということで図書室へ向かっていった。

頼まれたミッションは二つ。

一つ、『サンちゃんがパンジーを今どう思っているか？』。

一つ、『今日の練習が終わった後、サンちゃんを串カツ屋に誘ってほしい』。

前者のミッションは、コスモスやひまわり、それにあすなろという女の子から聞くのは難しいので、サンちゃんの親友である俺から確認してほしいということなのだろう。

後者のミッションは、パンジーとサンちゃんの仲を改善させる機会を作るため。

どちらも目的がはっきりしているので、一学期に経験した様々な事件と比べれば可愛《かわい》らしいものなのだが……、結構大変そうだな……。

が、それで萎縮している場合ではない。俺としても、サンちゃんとパンジーには前までの仲に戻ってほしいって気持ちはあるからな。

えーっと、野球部のグラウンドに到着したが、サンちゃんは……

「……っらぁ！」

「……ふん！　……むっ！」

「ナイスピー！　サンちゃん！」

「はっはっは！　今日も空振りか！　やるな、サンちゃん！」

「うす！　ありがとうございます、屈木《くつき》先輩！」

「よっしゃぁ！　サンちゃん、次は俺だぜぇ！」

「いいぜっ！　かかって来いよ、穴江《あなえ》！」

生憎《あいにく》と話せるような状況ではなさそうだな。少し待つとしよう。

ところで、やっているのはバッティング練習……なのか？

サンちゃんの放ったボールを空振りして、豪快に笑っているのは三年生で野球部のキャプテンの屈木《くつき》先輩。そして、次にバッターボックスに立ったのは、俺と同学年の穴江《あなえ》。

後ろに守備をするメンバーもいるし、バッティング兼守備練習だとは思うのだが、にしても随分と楽しそうだな。

「まだ、しばらく続きそうだな」

急ぎの用事ってわけじゃねぇから構わねぇんだが……暇だな。

ちょうどよく、話し相手にでもなってくれる奴《やつ》がいると助かるのだが、

「おや？　そこにいるのは、如月《きさらぎ》先輩ではないですか！」

なぜ、ちょうどよくない話し相手が現れてしまうのか。

「むふふふ！　わざわざ夏休みに野球部の練習を見に来るなんて……。そんなに私に会いたかったのですかか～？　んもぉ～う！　仕方ないですねぇ～！」

「よう。たんぽぽ」

「はい！　おはようございます、如月《きさらぎ》先輩！　それで、どうしますか？　頭を撫《な》でます？　靴を舐《な》めます？　それとも、崇《あが》めますか？」

今日もいつも通り、ぶっちぎりでアホだ。

「どれもやらん」

「ふむ。なるほど。この暑い気温でたんぽぽちゃんを愛《め》でてしまったら、ハートの昂《たか》ぶりが抑えられなくなり、爆死してしまうから遠慮しておくというわけですね。……分かりました！」

何も分かってくれていないが、もうそれでいい。

否定する労力を割くのがめんどくさい。

「なぁ、あれは何の練習なんだ？」

アホな会話は早々に終了し、素朴な疑問を投げかけた。

「あれは、大賀《おおが》先輩の新兵器！　フォークボールの練習兼バッティング練習です！　大賀《おおが》先輩のフォークボールを打つことができた人から休憩できるというものなのです！　ただ、ほとんど誰も打ててないんですけどね！　むふ！」

そういえば、サンちゃんはずっとストレートだけで勝負してたけど、ここ最近フォークボールを身に付けたんだよな。けど、サンちゃんのフォークボールって……

「あれって、未完成じゃなかったか？　だから、地区大会の決勝では三振が取れなかったってサンちゃんは悔しがっていたんだが――」

「よくぞ聞いてくれました、だぞ」

「ん？」

突如として響いた声は、背後から。

振り向くと、そこにはダボダボの体操服に身を包むサイドポニーの女の子がいた。

この子、誰だ？ 体操着は西木蔦《にしきづた》のだが、見たことのない顔だ。

これだけ可愛《かわい》い子だったら、名前くらい知っててもおかしくないと思うのだが……

「えーっと、君は……」

「ふっふっふ。私はさすらいのマネージャー。……デュワ」

サイドポニーを揺らしながら、どこぞの巨大ヒーローのポーズをとる少女。

とりあえず、この子もアホである疑いが増した。

なぜ野球部には、まともなマネージャーがいないのだろう？

「おや？ おかしいぞ。私のプランでは、君も思わずデュワっとするはずだったのに」

なわけあるか。どんなプランを組み立ててるんだっつうの。

「この子は？ たんぽぽ」

話が通じるか怪《あや》しそうだったので、まだギリギリ言語が通じる霊長類に聞いてみた。

「むふ！ 私の後輩マネージャーさんです！ だから、私は先輩としてビシバシと鍛えてあげてるんですよ！ さぁ、後輩よ！ 今こそ如月《きさらぎ》先輩に見せてあげましょう！ 私と貴女《あなた》の華麗なるワタワタダンスを！」

アホ一号は、後輩ができたことが嬉《うれ》しいらしい。

やけに誇らしげな笑みを浮かべて、よくわからん踊りを始めやがった。

「お任せあれ、だぞ。……ワタワタワタ～」

アホ二号はノリがいいらしい。一号に合わせて、こっちも変なダンスを始めやがった。

そして、ダンスをひとしきり踊り終わると、

「はじめまして。たんぽぽ先輩の後輩マネージャーなのです」

丁寧にお辞儀《じぎ》をして、挨拶をしてきた。なぜか本名は名乗っていないが。

「ああ。俺は……」

「太陽《たいよう》君の親友のあまちゃんだよね？」

「ん？　俺のこと、知ってるのか？」

「もちろんなのです。君のことは、耳にイカができるくらい、ものすっごぉ～く沢山、お話を聞いていましたので」

足の本数的にパワーアップさせたという意図は伝わった。そっちのタコではないが。

「そっか。ところで、俺はみんなから『ジョーロ』って呼ばれてるんだが……」

別に好きに呼んでくれていいんだが、連続テレビドラマ小説みたいな呼ばれ方は初めてだ。

「じょじょじょ。そっちの呼び方は、お断りなのです」

なんか「じぇじぇじぇ」みたいなノリで拒否られた。

「私は、オリジナリティ溢《あふ》れる呼び方を追い求めている子なのです。……だから、君のことは

『あまちゃん』と呼ばせてもらいます。……にひ」

イタズラめいた笑みを浮かべて、そう語る後輩マネージャー。

だったら、なんでサンちゃんだけ普通に名前呼びなんだっつうの。

「あまちゃんとは一度会ってみたかったから、今日はとても素敵な日曜日に決定だね。やっぱり、私は幸運に恵まれてるよ。……ぶい」

「むふ！　当然ですよ！　なぜなら、貴女《あなた》は私と出会えてますから！　その時点で、全世界幸運ランキングベスト10入りは間違いなしです！」

そのランキング、一位から十位で何人いるの？

「んで、さっきサンちゃんのフォークボールについて何か知ってるっぽい口ぶりだったが……」

「ふっふっふ。実は太陽君《たいよう》のフォークボールを完成させたのは、私なのです。いえい」

「どういうことだ？」

「太陽君《たいよう》としばにゃんが練習する日に混ぜてもらってね、そこで私の華麗なるアドバイスのおかげで、ちゃんとしたフォークボールが投げられるようになったんだぞ」

しばにゃん……。キャッチャーの芝《しば》のことか。

「へぇ～。そうなのか」

とても胡散臭《うさんくさ》いが、本人がそう言っているのなら、そういうことにしておこう。

万が一、事実だった場合なんか申し訳ない気持ちになるし。

「それで、あまちゃんはどういったご用件で野球部の見学に？」

「ああ。最近、サンちゃんに会えてなかったから、ちょっと顔でも見ようかなって」

後、追加でパンジーの件を聞きに来たというのもあるが、そこまでは言わなくても——

「むむむ。それだけじゃないような気がするぞ」

「うっ」

全てを見透かすような瞳に思わず俺は萎縮してしまった。

アホだと思ったが、この子はアホじゃない気がする。

「さぁ、あまちゃんよ。正直に話すのです。君は、なんのために野球部に来たのですか？」

まぁ、言い方を間違えなければ、別段まずい話ではないか。

「ちょっとサンちゃんのことを気にしてる女の子がいてさ。その子について、サンちゃんがどう思ってるかを確認したいってのがあって……」

「それは、恋のご相談かな？」

「いや、違う」

少し前なら『恋の相談』と言えたのだが、今のサンちゃんとパンジーの関係って微妙なんだよな。友情とも違うし、『恋の終わった後の相談』って表現が一番的確かもしれない。

「なぁ、たんぽぽ。てめぇは、サンちゃんからパンジーのことを何か聞いていないか？」

「三色院《さんしょくいん》先輩についてですか？　いえ、これといって何も聞いてないですよ！　最近の大賀《おおが》先輩は、一に野球、二に野球という感じで、とても浮ついていますから！」

サンちゃん、野球に恋でも始めたのか？

「むむ。三色院《さんしょくいん》さんだとぉ？」

何やら、後輩マネージャーの眼《め》がキラリと光った。

「どうかしたのか？」

「珍《めずら》しい苗字《みょうじ》だと思ってね。ちなみに、その子の下の名前はなんていうのかな？」

「菫子《すみれこ》だ。三色院菫子《さんしょくいんすみれこ》。だから、俺達は『パンジー』って呼んでる」

「なるほど、なるほど……。すみみんのことだね」

あっという間にパンジーに妙なあだ名をつけ始めた。

なぜか、さも知っているような台詞《せりふ》だが。

「それで、あまちゃんが知りたいのは、太陽《たいよう》君がすみみんをどう思っているかだね」

「ああ、何か知ってるか？」

神妙な顔をしているし、ちょっと期待できそうだ。

「残念ながら、私も知らないのです」

もったいぶっただけかい。期待させるような表情をしないでくれよ。

「もしかしてだけど、すみみんと太陽《たいよう》君は、仲が悪いのかな？」

「別に悪いわけじゃねぇ。ただ、まぁ、ちょっとな……」

「そっか。ちょっとか」

なんかこの子には、サンちゃんとパンジーの件がバレているような気しかしない……。

「よう、ジョーロじゃないか！　わざわざ来てくれたのか！　サンキューだぜ！」

とそこで、タイミングがいいのか悪いのか、練習が休憩に入ったサンちゃんがやってきた。

泥だらけのユニフォームには、汗がたっぷりとしみ込んでいる。

「ああ、サンちゃん。今日も練習、頑張ってるな」

「へへっ！　当たり前だろ！　甲子園出場を決めたら、次は全国優勝だからな！」

ここで、一回戦突破って言わないあたりがさすがだよな。

「あっ！　この子は、最近うちの野球部に加わった臨時マネージャーだぜ！」

「臨時マネージャだぜ。……にひ」

さすが、サンちゃん。初対面だからと、ちゃんと紹介してくれてるのか。

「で、こいつは俺の親友の——」

「あまちゃんだよね。みんなからは、『ジョーロ』って呼ばれてる」

「お、おう。……あれ？　俺、お前にジョーロの話ってしてたっけ？」

「ふっふっふ。私はなんでも知っているのです」

さっき、耳にイカができるくらい俺の話を聞いていたと言ってたが、サンちゃん経由じゃないのか？　なら、いったい誰が……。

「まぁ、いいか。それで、ジョーロ。今日は、どうしたんだ？」

「ああ。ちょっと顔を見にな。ほら、流しそうめんの時は会えなかったしさ」

実は、夏休みにいつもの図書室メンバーと何人かで流しそうめんをやったのだが、本来であれば来るはずだったサンちゃんは、練習の都合で来られなくなってしまったのだ。

「ああ、そうだったな！　この通り、俺は元気にあふれてるぜ！」

「みたいだな」

いつもの熱血笑顔にサムズアップ。確かにいつも通りのようには見える。

ただ、サンちゃんって一見すると普段通りでも、実は腹の内にため込む場合があるからなぁ。

なんと切り出せばいいのやら……。

「あまちゃん、あまちゃん。ここで、私がいいことを教えてあげよう」

「ん？　いいこと？」

やけにウキウキした表情で、俺を見つめる後輩マネージャー。

「確かに今の私は何も知らない。だからこそ、情報は現地調達するのです」

「は？」

「ねぇねぇ、太陽君《たいよう》」

俺に自信満々にそう語ると、クルリと体の向きを変えてサンちゃんに話しかけ始めた。

「ん？　どうした？」

「三色院菫子《さんしょくいんすみれこ》さんのことを、どう思っているの？」

ドストレートに切り込んだな、おい！

「なっ！　パ、パンジー!?　お前、なんでパンジーのことを知ってんだよ！」

サンちゃんが想像以上に慌て始めた。けど、判断に困る表情だな。

怒ってるというよりは、何かを隠そうとしているって感じだ。

「あまちゃんから聞いたのです」

「なっ！　おい、ジョーロ！」

しかも、こっちにバッチリ飛び火してきたよ！

「いや、別に変なことは言ってねぇよ！　ただ、サンちゃんって、今はパンジーのことをどう思ってるのか気になっただけで……」

「は!?　な、なんでそんなことを言わなきゃ……」

「太陽君《たいようくん》、私も気になるぞ～。すごく気になるぞぉ～」

「分かったって！　別にそのぐらい、簡単に答えられる！」

これって、もしかしてだけどさ……いや、決めつけはよくないな。

勝手に誰かの恋愛感情を決めつけた結果、怒涛《どとう》のベンチラッシュをされた恐怖を忘れるな。

「はぁ……、びっくりした……」

気持ちを落ち着けるためか、サンちゃんがひと呼吸。

それから、先程までの熱血笑顔とは少し違う冷静な表情を浮かべると、

「前に色々あったけど、今は特に気にしてないよ。パンジーは、俺にとっては大事な友達だ。……大事な友達としか思ってない」

俺からの質問のはずが、後輩マネージャーに向けて真剣に語るサンちゃん。

一応、理想的な返事がもらえたのだが、なんか気になる態度だ。

「ふむ。そこまで必死に言われては仕方がない。信じてあげましょう」

「はぁ……、俺はお前のそういうところが、本当に苦手だよ」

「何でもかんでも受け入れられちゃうよりは嬉《うれ》しいかな。……にひ」

この子は、サンちゃんのペースを乱すのが得意なようだ。俺としてはありがたかったので、心の中でお礼を言っておこう。サンキュー、後輩マネージャー。

んじゃ、一つ目のミッションは達成できたし、次のミッション『練習の後にサンちゃんをツバキの店に誘う』を実行させてもらうとするか。

「なぁ、サンちゃん。今日、練習が終わったら一緒にツバキの串カツ屋に行かないか？　ちょうど、図書室のみんなもいるからさ」

「あ、あ〜、串カツか……。いや、誘ってもらえるのはありがたいんだけど……」

どうにも歯切れが悪いってことは、何か別に予定があるのかな？

それだったら、最低限の目標は達成したし、また別の日でも……

「大丈夫です。太陽君《たいよう》は、串カツ屋に行けます」

まさかの後輩マネージャーから許可が出たよ。

「おい！　なに、勝手に俺の予定を──」

「太陽君《たいよう》。甲子園に行くまでにモヤモヤはちゃんと解消すべきなのです。だから、ちゃんと綺《き》麗《れい》に区切りをつけてくれると、私は嬉《うれ》しいな」

「ぐっ！　で、でも……」

「それとも、そんなに私と一緒にいたいの？」

「……っ！」

サンちゃんの顔が、非常に分かりやすく赤くなった。

やっぱり、この後輩マネージャーはサンちゃんを操《あやつ》るのが上手《うま》いようだ。

「あぁぁぁぁ！　分かったよ！　行くよ！　行ってくればいいんだろ！　……ジョーロ、問題ない！　今日は練習が終わった後、串カツ屋に行こうぜ！」

「お、おう……」

なんか、すげぇ勢いで逆にこっちが萎縮したが、深く追及しないほうがよさそうだ。

「じゃあ！　俺は、練習に戻るから！　……おい、ジョーロに変なことを言うなよ？」

「合点承知の助《がってんしょうちのすけ》、なんだぞ」

「本当に分かっているのやら……。はぁ……」

真っ赤になった顔を隠すように、深々と帽子をかぶって練習に戻っていくサンちゃん。

やけに慌ただしい足取りが、少しほほえましかった。

「えっと、サンキューな、色々聞いてくれて。俺じゃ聞けなかったかもだからさ」

「このくらい、簡単なのです。……ぶい」

イタズラめいた笑顔で、俺に言う後輩マネージャー。

まるで初めから、こうなるのが分かっていたかのような全てを見通す瞳だ。

恐らく気のせいだとは思うんだが、少し似てるな。……パンジーに。

「あまちゃん、すみみんのことよろしくね。君なら、きっと全部なんとかできるよ。いざという時は、私もお手伝いしちゃうしね。……にひ」

「おう……。ありがとな……。よく分からんけど、任せといてくれ」

「それが聞けて、大安心」

なぜ、サンちゃんじゃなくてパンジー？　と聞きたかったが、直後に後輩マネージャーはたんぽぽと一緒にマネージャー業務へと向かってしまい、俺はこの疑問を二度と彼女にぶつけられなくなってしまうのであった。

※

野球部のグラウンドで、無事にサンちゃんと約束が交わせた俺は、図書室へ。

部活が終わるまでの間、手持無沙汰《てもちぶさた》だったのでパンジー達と合流しておこうという算段だ。

校門で別れる前にコスモスが、『私達で、パンジーさんが自然にサンちゃんと仲直りをしたいと思えるようにしてみせるよ！』と言っていたが……。

「ぱんじいちゃんわたしぱんじいちゃんとさんちゃんはすごくなかがいいとおもうよ」

「そう。ありがとう、ひまわり」

「小生も日向《ひなた》殿の意見に賛同いたしますぞ！　大賀《おおが》殿と三色院《さんしょくいん》殿は、今後もいと仲が良き関係を築けるのではないかと思うこと山の如《ごと》し！」

「コスモス先輩がそう言ってくれると、心強いです」

「……はぁ。どうしてこうなってしまうのでしょう……」

状況は深刻なようだ。

どう贔屓目《ひいきめ》に見てもおかしな片言でパンジーに話しかけるひまわりと、どこからどう見てもイカれた侍と化してパンジーに話しかけるコスモス。奴《やつ》らが『自然に』と言った時点でダメな気はしていたが、想像の十倍以上ひどい惨状が目の前で展開されていた。

「あっ！　ジョーロ、やっと来てくれましたか！」

唯一まともと思われるあすなろが、さながら救世主を見るような目でこっちに来た。

「いやー、助かりましたよ！　私一人で、あの二人を抑えるのは無理があったので！　というわけで、あとはお願いします！」

お願いされても困るわ。なぜ、俺ならどうにかできると思えたのか？

「じょうろがきた。ぱんじいちゃんじょうろだよじょうろ」

「ややや！　如月《きさらぎ》殿も推参なさったか！　いやはや、お待ち申しておりましたぞ！」

二人そろって、こっちに来ないでもらっていい？

「ジョーロ！　あとちょっとだよ！　あとちょっとで、パンジーちゃん、仲直りできるよ！」

そのやり遂げた顔、やめて。

「ふっ……。ジョーロ君、場は温めておいたからね」

冷めきってますけど？

「それで、そっちの首尾はどうだったのかな？」

「部活終わりに、サンちゃんを誘うことには成功しましたよ」

「さすが、ジョーロ君！　ありがとう、すごく助かるよ！」

純粋無垢《じゅんすいむく》な少女の笑みは可愛《かわ》いんだよな。

「よーし！　その旨《むね》をパンジーさんに――」

「あ、俺から伝えますよ」

「そうかい？　分かった！　君に任せるよ！」

とりあえず、もはや何を企《たくら》んでいるかバレているような気しかしないが、このポンコツ生徒会長に任せるよりはマシだろう。

「なら、その間に私達は新しい作戦を考えておくね！」

「ジョーロ、わたしすっごくがんばるから！　全部、おまかせなんだから！」

「できる限り、現実的な作戦を練《ね》っておきます」

どうやら、頼れそうなのは一人の新聞部だけのようだ。

が、そこはおいといて、まずは受付にいるパンジーの所に向かうとしよう。

「とても迷惑極まりない状況が起きているのだけど、何とかならないかしら？」

秒で指摘された。やっぱり、気づいてるよね。

「ならんな。俺もどちらかと言うと、加担者になっているわけだし」

「自分で解決するから、心配ないわよ。ちゃんと、サンちゃんとは——」

「その具体的な方法は？」

「…………」

見事なまでの沈黙。できることは、ムッとふてくされた顔を俺に向けることだけのようだ。

ノープランのくせに、無駄に強がっているのがバレバレだ。

「少しお話をすれば、すぐに元の関係に戻れるわ」

「それは、どんな会話だ？」

「お菓子のことなんてどうかしら？　私、お菓子作りは得意だもの」

「サンちゃんが得意なのは、野球だな」

熱血野球少年と図書委員が、お菓子について語り合うって、軽いカオスだぞ。

しかし、あれだな。こうやって考えてみると、パンジーとサンちゃんって共通の話題がまるでねぇな。まぁ、俺とパンジーも似たようなもんだが。

「ジョーロ君、私は友好関係を結ぶことには定評があると思うの」

「そうだな。高校一年の頃に、友達が一人もいなかったぐらい定評があるな」

「失礼ね。友達くらいいちゃんといたわ」

やけに嬉《うれ》しそうな顔をしてるし、その友達は随分と大切な相手なのだろう。

が、しかしだ。

「それは、西木蔦《にしきづた》の生徒か？」

「学校という閉ざされた世界にばかり目を向けるのは、よくないと思うの」

要するに、学校には一人もいなかったらしい。

「大人しく受け入れろ。そもそも、もうちょっとしたらみんなで海に行くだろ？　その時も気まずかったら、こっちが迷惑だ」

あの海では、アホすぎる恋愛相談の手伝いもしなきゃならねぇんだ。それだけでも十分に大変だというのに、パンジーの件まで未解決だったら、まるで楽しむことができねぇだろが。

「それは、ジョーロ君の個人的事情かしら？」

「どっちもだ。俺の個人的な事情に加えて、あいつらがてめぇを心配してる事情」

「はぁ……。お友達って、いると楽しいけれど大変なこともあるのね」

「人づきあいってのは、そういうもんだ」

「分かったわ。けど、できるかどうかの責任は持てないわよ」

とりあえず、コスモス達の企《くわだ》てはバレバレではあるが、受け入れてはくれるようだ。

だったら、後はあいつらの……いや、俺も何か考えたほうがいいだろうな。

あすなろはさておき、残りの二人の作戦が不穏すぎてどうしようもないし。

※

午後三時。今日は、いつもより少し早めに練習を切り上げる日だったようで、ユニフォームから制服に着替えたサンちゃんと校門で合流。

「あっ！　サンちゃん、きたぁ！」

「よう！　みんな、待たせたな！」

練習の疲れを微塵《みじん》も感じさせない熱血スマイル。

野球部での別れ際《わかぎわ》はやけに慌ててた様子だったが、今はもう冷静なようだ。

さて……、ここからコスモス達による『サンちゃんパンジー仲良し大作戦』なるものが実行されるようなのだが、果たして本当に大丈夫なのだろうか？

サンちゃんにはバレてないけど、パンジーにはバレてるし。

「ははっ！　みんな、夏休みも元気そうだな！　……おっ。パンジーは少し元気がないか？」

「い、いえ……、いつも通りよ」

空気、重っ！　サンちゃんは気にせずに話しかけてるけど、パンジーがダメだな。

普段は冷静に淡々と人を追い詰めるパンジーが、ここまでしどろもどろになるとは。

これは、早急に関係を改善してもらいたいところだ。

「よーし！　まずは、わたしの番だよ！」

隠し事の下手すぎる幼《おさな》馴染《じみ》が、天真爛漫《てんしんらんまん》に名乗りを上げた。

なぜ、こっそりと行動するという発想に辿《たど》り着《つ》けないのか？　謎である。

「ねね！　パンジーちゃん、サンちゃん！」

「何かしら？」

「お、どうした、ひまわり？」

「ツバキちゃんのお店まで、三人できょーそーしよっ！　みんなで一緒にうんどーすると、すっごく楽しいんだよ！」

なるほど。どうやらひまわりの作戦は、サンちゃんとパンジーを競《きそ》わせる……というか、一緒に体を動かすことで、自然と仲が改善されるようにする作戦らしい。

悪くない作戦にも思えるのだが……

「おっ！　いいぜ！　パンジーは、どうする？」

「私は遠慮しておくわ」

肝心のパンジーさんから、NGが出たらどうしようもないやつだよね。

「パンジーちゃん！　これもしょーぶの一つだよ！」

「……っ！　ひまわり、貴女《あなた》意外と考えているのね……。分かったわ、競走しましょ」

よく分からないが、嫌がっていたパンジーが乗り気になった。

なぜか『勝負』という単語に反応していたが、どういうことだろう？

「えへへ！　でしょ～？　あすなろちゃんに、こう言えば絶対パンジーちゃんもやってくれるって教えてもらったんだ！」

「あっ！　ひまわり！　そこまで言うのは……」

「そう。あすなろが……」

「あー、あははは！　が、頑張ってくださいね、パンジー！」

入れ知恵者がパンジーに睨《にら》まれて、とても気まずそうに汗を流している。

ポニーテールをシュンと丸めながら、俺の背後に隠れてきた。

「ジョーロ君、持っておいてもらえるかしら？」

「お、おう。分かった」

やる気になったパンジーが、肩から下げていたショルダーバッグを俺に手渡し構えをとる。

そういや、こいつがまともに運動するところって初めて見るが、どうなんだろう？

サンちゃんとひまわりとの勝負に乗るくらいだ。

実は、かなりの運動神経の持ち主じゃ……

「じゃあ、いっくよぉ～！　レッツ・ダーッシュ！」

「よっしゃぁ！」

「……っ！」

って、おっそぉ！

合図と同時に、一斉に駆け出した三人……なのだが、一人だけ明らかに遅い。

あっという間に姿が見えなくなったひまわりとサンちゃんに対して、ちょっと先のほうで姿が確認できるパンジー。もはやフォームからグチャグチャで、普段から運動をしていないことがよく分かる。なぜ、ちょっとやれそうな顔をした？

「はぁ……、はぁ……。ふ、二人とも愚かね……。ツバキのお店までは、ここから歩いて二十分はかかる。つまり、大切なのはペース配分よ。……はぁ～……はぁ～……」

開幕早々、スタミナ切れを起こしかけてなければ、とても説得力があったひと言である。

それから、俺がコスモスとあすなろと二人でツバキの店へと向かっていくと、途中で力尽きたパンジーを発見し、サンちゃんとひまわりは競走に夢中になっていて、仲直りなんてできるはずもなかったのであった。

ひまわりの『一緒に運動作戦』……失敗。

※

「うー！　どうして、うまくいかないの！」

「ははっ！　甘いぜ、ひまわり！　伊達《だて》に甲子園優勝を目指してはないからな！」

結局、レースの勝者はサンちゃん。

なお、ひまわりが悔しがっている理由は負けたからではないのだが、サンちゃんとしてはそう判断したようで、どこか誇らしげな笑みを浮かべている。

「ふぅ……。サンちゃんが勝ってくれてよかったわ」

本人曰《いわ》く『ただペース配分を間違えただけ』の運動音痴は、ひまわりが勝たなかったことに安心しているようだ。結局、何も解決してないけどね。

「やっ。みんな、いらっしゃいませかな」

そこで、俺達の席にやってきたのは、俺達のクラスメートで、ここ――『ヨーキな串カツ屋』の店長を務める洋木茅春《ようきちはる》……ツバキだ。

普段は、俺もアルバイトをしているのだが、今日は休みなので客としてやってきている。

「ツバキ、こないだぶりだな！」

「ん。そうだね。……あ、サンちゃん。たんぽぽに、また皿洗いにきてって伝えておいてほしいかな。今度はちゃんとお給料を払うからさ。あの技術は捨てがたいかな」

「分かったぜ！　あいつ、ツバキのことをすげぇ尊敬してるから、喜んでくると思うぜ！」

「それは嬉《うれ》しいかな」

少し前に、たんぽぽはちょっとした失言でツバキを激怒させた。

で、その際に俺の仕事を邪魔した罰として、店の皿洗いをやらされたのだが、確かにあの皿洗いはすごかったな。やけに手際《てぎわ》がいいし、凄《すさ》まじく綺麗《きれい》になってたし。

あいつ、アホだけど変な特技を持ってるよな――とまぁ、そんな雑談はさておき、

「ふっふっふ！　では、次は私の番だね！」

次は、ポンコツ生徒会長の作戦らしく、愛用のノートを片手に張り切った様子だ。さっきのひまわりといい、今回のコスモスといい、まるで成功する兆《きざ》しが見えないのが困ったものだ。

「ツバキさん、準備のほうは？」

「ん。万端かな」

「それはよかった！　なら……、こほん。……サンちゃん！　たまには、串カツを食べるだけじゃなく、作ってみるのはどうかな？」

「え？　俺がっすか？」

「うん！　誰かのために、一生懸命料理を作るというのはいいものだよ！　しかも、それが君の大好物の串カツならなおさらさ！」

なるほど。どうやらコスモスの作戦は、『サンちゃんに串カツを作らせて、パンジーに食べさせる』というものらしい。

さっきのひまわりと比べると、かなりいいアイディアだな。料理を作ったら、必然的に会話が生まれる。そして、今のパンジーとサンちゃんに足りないのは、お互いの共通の話題。

そいつを強制的に生み出せるのなら……

「うわっ！　確かに面白そうっすね！　ただ、ツバキの仕事の邪魔になるんじゃ……」

「大丈夫かな。こんなこともあろうかと、作り置きはたっぷりしてあるからね。むしろ、今は手が空いてるくらいかな」

「マジか！　それはうれしい誤算だぜ！」

コスモスから事前に頼まれて、準備しといてくれたんだね。

さすが、ツバキさん。『西木蔦《にしきづた》唯一の良心』と呼ばれる仏っぷりは安泰である。

「よーし！　それじゃあ、私とサンちゃんはツバキさんから串カツ作りを教わってくるから、皆は少し待っていてくれ！　さぁ、いこう、サンちゃん！」

「了解っす！　コスモス会長！」

うん。ダメかと思ったけど、今回は上手《うま》くいくかもしれねぇな。


「みんな！　待たせたな！　サンちゃん特製串カツ盛り合わせだぜ！」

「ふふっ。折角だから、私も作ってみたよ！」

十五分後、普段よりも潑溂《はつらつ》とした表情で、俺達の席へ戻ってきたサンちゃんとコスモス。

それぞれが両手に抱える大きな皿には、自分達で作ったであろう串カツが盛られている。

「いや〜、普段は食べてばかりだったけど、作ってみると難しいな！」

「そうだね。思った以上に奥が深くて驚いたよ！」

普通に調理が楽しかったらしく、仲睦《なかむつ》まじく会話をするサンちゃんとコスモス。

だが、しっかりと目的は覚えているようで、

「ふっふっふ。あとは、サンちゃんが作った串カツをパンジーさんが食べて、その感想をきっかけに会話がはずめば……」

生徒会長は、不敵な笑みを浮かべている。

あの表情を見ていると不安しか募《つの》らないが、まぁやってることはまともなのでいいだろう。

「よし！　それじゃあ……」

テーブルの真ん中に自分の作った串カツ盛り合わせをドンと置き、自分も着席。

「あ、ジョーロ君！　私が作った串カツを――」

「ジョーロ、さっそく食って感想を聞かせてくれ！」

「なっ！」

店内に響く、清々《すがすが》しいサンちゃんの声。衝撃の表情へと変わるコスモス。

「お、おう。じゃあ……」

食べてくれと言われた以上、食べないわけにはいかないので、さっそく試食。

うん、これは……

「おっ！　うまいな！　しかも、これって……」

「ああ！　お前の大好物の春菊《しゅんぎく》だぜ！」

「だよな！　いやぁ～、やっぱ春菊は最高だな！　この苦みと甘みが……」

「おいおい、そんな春菊ばっか食うなよ！　こっちには、俺のいち押しホタテの串カツもあるんだぞ？」

「サンちゃんは、相変わらずホタテ派か。じゃあ、そっちも……こっちも美味《うま》い！」

「だろ？　へへっ！　お前が喜んでくれて、俺は嬉《うれ》しいぜ！」

「くっ！　本妻が厄介《やっかい》だったか！」

誰が本妻だ。

「あ、あの、サンちゃん。よかったら、パンジーさんにも……」

「あれ？　コスモスさんの串カツを食べてもらうんじゃないんすか？　さっき作ってる時に、『パンジーさんに串カツをいっぱい食べてもらうぞぉ～』って言ってたじゃないですか！」

「はうっ！　いや、それは……」

どうやら、余計なことを中途半端《ちゅうとはんぱ》に呟《つぶや》いた結果、サンちゃんに勘違いされたようだ。

それで、サンちゃんは俺に串カツをすすめてきたわけか。

「うぅ～……。まさか、こんなことになるとは……。いや、まだ諦めるのは早い！」

ネバーギブアップ精神はいいが、コスモスは何をするつもりだろう？

「パンジーさん！　可及的速《すみ》やかに、私の串カツを全て平らげてくれ！」

「コスモス会長。これは、一人で食べるには随分と量が……」

「なぁに、心配はいらないさ！　なせばなるだよ！　さぁ！　さぁさぁさぁ！」

「……とても困ったわ」

その後、無理やりコスモスに串カツを食わされまくったパンジーは、お皿を半分ほど空かせたところで力尽きたのであった。優しさがお腹《なか》にいっぱい詰まりすぎたな。

コスモスの『お料理感想作戦』……失敗。


「はぁ……。あとちょっとだったのに……」

「うぅ～……。うまくいかないよぉ～……」

自分の作戦が失敗し、ションボリと落ち込むコスモスとひまわり。

ついでに、パンジーは、

「全速力の後の暴食は……辛《つら》いわね……」

とても苦しそうな表情で、息を荒げている。

なんだか今日のパンジーは、普段の俺くらい悲惨な目にあっているな……。

「まったく、二人とも全然ダメではないですか」

そんな様子を見ながら、呆《あき》れたように溜息《ためいき》を吐くあすなろ。

ポニーテールを揺らしながら首を振るさまが、やけに似合っている。

「仕方ありません。ここからは、私が一肌脱いであげましょう」

どうやら、次はあすなろの作戦を実行するようだ。

今までの様子を見る限りだと、コスモスやひまわりと比べて大分まともな思考回路をしているので、実は一番期待していた奴《やつ》だったりもするが、果たしてあすなろの作戦とは……

「サンちゃん！　一つ教えていただきたいことがあります！」

「ん？　どうした、あすなろ？」

「夏休みに、私なりに色々と情報を集めていたら、一つ非常に興味深い情報を手に入れたので、その真偽について確認させてほしいのです！」

ふむ。さっきのひまわりやコスモスと同じだが、自分の得意分野で攻めていくつもりだな。して、あすなろの手に入れた情報とは……

「貴方《あなた》、最近好きな人ができましたよね？」

「なっ！」

あすなろの言葉に意表を突《つ》かれたのか、思わず片手に持っていた串カツを落とすくらいに狼《ろう》狽《ばい》するサンちゃん。おいおい、マジか！　この反応は……

「い、いやぁ～！　どうだろうなぁ？　そんなことは……」

「ふっふっふ！　その反応は、もはや『いる』と言ってるも同然ですよ？」

確かにその通りだ。この反応は、どう考えてもいない奴《やつ》の反応じゃない。

それに、サンちゃんからしたら恥ずかしいだろうが、パンジーからしたらありがたい情報じゃないのか？　失恋させてしまった相手が、新しい恋を見つけた。

それなら、パンジーももうそこまで気にする必要がなくなるとも……

「ちなみに私の情報では、その人物は比較的貴方《あなた》のそばにいる人と聞きました」

「へ、へぇ～。そ、そ、そうなんだなぁ～。いやぁ～、そんな噂《うわさ》があるのかぁ～」

必死にごまかそうとしているサンちゃんだが、まるでごまかせていない。

「パンジー、聞きましたよね？　サンちゃんは、別に好きな人がいるのです！　そして、集めた情報を総合した結果、私はその人物の特定に成功しました！」

「そうなのね」

淡々とした態度であすなろに返答するパンジーだが、内心では興味津々《きょうみしんしん》なのだろう。

視線が定まらず、サンちゃんとあすなろを交互にキョロキョロと確認している。

「お、おい、あすなろ。それ以上は……」

「ダメです！　ここまで言ったら、最後まで言っちゃいます！　というわけで、私が特定したサンちゃんの好きな人とは……」

ここで、『俺』とか言ったら、そのポニーテール引っこ抜くからな？

頼むぞ、あすなろ！　てめぇの情報に、全てがかかっているんだ！

「ズバリ！　野球部のマネージャーである…………たんぽぽでしょう！」

期待した俺がバカだった……。

「え？　違いますけど？」

サンちゃん、とても冷静なお言葉である。

「なんですと!?　ですが、普段から一緒に過ごしていて、練習中もマネージャーととても仲がよさそうな様子だったと……」

「あ、あー。まぁ、そうだな！　たんぽぽとは仲良くやってるぜ！　後輩としてとか、マネージャーとしてなら大好きだぜ！　ははっ！」

完全に余裕を取り戻したサンちゃんが、明るくあすなろへと切り返す。

逆に自分の情報が間違っていたことを理解したあすなろは、かなり慌てた様子だ。

「つまり……、やはり本命はジョーロ？」

そこで、やはってんじゃねぇよ。

ポニーテール、あとでぜってぇ引っこ抜く。

「おう！　親友として大好きだぜ！」

「そんな……っ！　わ、私の情報が間違っているなんて……。ショックです……」

結局、期待していた返答を得られなかったあすなろは、先程のひまわりやコスモス同様、意気消沈して、ポニーテールをしょんぼりと垂れさせるのであった。

「ジョーロ君。いずれは、私が必ず勝ってみせるわ」

ついでに、謎のライバル心を燃やしたパンジーが、俺に強い決意を伝えてきた。

そこと競ってどうするんだっつうの。

あすなろの『サンちゃん新たなる恋暴露作戦』……失敗。


「うぅ～」

「あぅ～」

「はぁ～」

全ての作戦に失敗して、三者三様の落ち込みを見せる、ひまわり、コスモス、あすなろ。

対して、ここまで悲惨な目にあったパンジーは、不機嫌そうな表情で三人を見つめている。

「まったく、変なことはしないでほしいわ」

「あぅっ！　ごめんなさい……」

「す、すまない」

棘《とげ》をチクリ。特に強く言われたのは、ひまわりとコスモスだ。

二人とも、素直に申し訳なさそうな表情でさらにうなだれている。

しかし、本当に参ったな。ここまで来て、いまだにサンちゃんとパンジーの会話はゼロ。

といっても、サンちゃんは意図的にパンジーへ話しかけていないのではなく、ただ話すことがこれといってないから、話してないって感じだが。

「なぁ、ジョーロ！　甲子園は楽しみにしててくれよ！　俺の完成した新兵器で、三振を大量生産してやるからな！」

「おう。今日の練習で見せてくれたアレだろ？」

「ああ！　アレだ！」

これといって生産性はないが、どこか心地のいい会話。みんなで一緒にいるってだけで楽しくて、そのままこの空気に浸りたい気持ちにはなるのだが、……それじゃあダメだ。

このままだと、今度サンちゃんの部活が休みの日に行く海でも、妙なことが起きるだろう。

そして、そこでまたコスモスやひまわりの暴走で、パンジーが悲劇に見舞われ、そっちの仲が崩壊する可能性だってあるんだ。

だから、サンちゃん、パンジー問題は今日中に解決する。

つうわけで……、ここからは俺の作戦の時間だ。

「なぁ、パンジー」

「何かしら？」

「てめぇは高校一年の時、西木蔦《にしきづた》高校以外に友達がいたって言ってたよな？」

「ええ。とても仲が良かったわ。お菓子作りを教えてあげたりして……」

本当にその友達のことが大切なのか、上機嫌な様子でパンジーが俺に話す。

こんなぶっ飛んだ女とそこまで仲良くなるなんて、どんな奴《やつ》なんだろうな？

「ちなみにだが、なんでその子にお菓子作りを教えることになったんだ？」

「その子に好きな人がいたの。それで、その好きな人を喜ばせたいから、お菓子作りを教えてほしいって頼まれたのよ」

「なるほどな。だったらさ……」

ここまで聞けば……いけるな。ちょうどよくヒントは、ひまわり達がくれた。

三人のやった作戦は、それぞれ『何かを一緒にやる』、『自分の作った料理を食べさせる』、『他の好きな人』。そこに、今日の図書室でパンジーから聞いた話を当てはめれば……

「今から、サンちゃんにお菓子作りを教えてやってくんねぇか？」

この作戦が実行できるってわけだ。

「折角サンちゃんが作った串カツを食ったんだから、次はサンちゃんの作ったお菓子を食べて、それをデザートにしようぜ」

俺の発言に、ピクリと反応するひまわり、コスモス、あすなろ。

どうやら、俺の作戦の意図を汲《く》み取《と》ってくれたようだ。

「言っておくが、この店は結構デザートの種類が多い。だから、中途半端《ちゅうとはんぱ》な教え方をして店のクオリティを下げるような真似《まね》をしたら、ツバキが黙っちゃないぜ」

「私が、サンちゃんにお菓子作りを？　でも……」

「わたしもさんせい！　ねね、パンジーちゃん！　サンちゃんとお菓子作りすれば楽しいよ！　それに、わたしサンちゃんのお菓子食べてみたい！」

意気揚々《いきようよう》と、身を乗り出してきたのはひまわり。

天真爛漫《てんしんらんまん》な笑顔を浮かべて、パンジーをジッと見つめている。

「だけど、材料とか……」

「それなら心配ないさ！　ツバキさんに、この店の食材を自由に使っていいと許可をもらっているからね！　別に難しいものじゃなくていいから、是非とも教えてあげてほしいよ！」

次に発言したのは、コスモスだ。いつもの冷静で大人びた表情ではなく、少女のような笑顔でパンジーに対して話しかけている。

「おいおい、二人とも。何言ってんだよ、俺にお菓子作りなんて似合わないだろ？」

「ですが、好きな人は喜んでくれるかもしれませんよ？」

「なっ！」

すかさず、サンちゃんの発言を制したのはあすなろだ。

たんぽぽではないのだろうが、恐らくサンちゃんには、本当にパンジーとは別の好きな子がいる。それが誰かを、あすなろは知らない。いや、ここにいる奴《やつ》は誰も知らないだろう。

まぁ……、多分、あの子だろうな。

「ってわけだ。俺達は実験体でいいからさ。パンジー、サンちゃんにお菓子作りを教えてやってくれ」

「………………」

俺の提案に、パンジーは沈黙する。だけど、それから少しだけ経《た》つと、

「サンちゃんが、好きな子を本当に喜ばせたいなら教えてあげるわ」

どこかいじわるな笑みを浮かべて、サンちゃんへと語りかけた。

「おいおい、パンジー。俺は好きな人がいるなんて……」

「いないとも言っていないわ」

「ぐっ！　き、きたないぞ……」

「私がずるいことなんて、前から知っているでしょう？　ふふっ」

やっと調子を戻してきたな。

そうだよ。てめぇはおどおどしてるより、そんぐらいふてぶてしいほうがいい。

「はぁ～！　分かった！　分かったよ！　なら、教わろうじゃないか！　……パンジー、喜ばせたい子がいるから、俺にお菓子作りを教えてくれ！」

普段の熱血笑顔とは違う、どこか恥ずかしそうな笑顔を浮かべて、サンちゃんはそう言った。

唯一できた強がりは、『好きな子』を『喜ばせたい子』って言ったことくらいか。

「ええ、構わないわ。それじゃあ、みんな、少し待っててちょうだいね」

自分の得意で大好きなお菓子作りができるのが嬉《うれ》しいのか、上機嫌に立ち上がるパンジー。

「おい、みんな！　言っておくけど、俺はお菓子作りでも全力だ！　だから、いつものパンジーのお菓子よりも、ずっと美味《うま》いものを食わせてやるからな！」

真っ赤になった顔を隠すように、急ぎ足で厨房《ちゅうぼう》へと向かっていくサンちゃん。

その後に、パンジーが続くと思ったが、一度俺達のほうを見ると、

「三人とも、今日のおせっかいは迷惑だったわ」

「「「うっ！」」」

淡々とした発言に顔をしかめる三人。まぁ、最初からバレてたしな。

パンジーからしたら、迷惑以外の何ものでもなかったのだろう。

「ご、ごめんなさい……」「すまない。うぅ……」「……すみません」

パンジーからたしなめられ、子供のように謝る三人。

けど、その様子を見たパンジーは、

「でも、とても嬉《うれ》しかったわ」

思わず見とれてしまう、綺麗《きれい》な笑顔でそう言った。

「自分の得にならなくても、その人のために頑張る。……まるで、どこかのいじわるな男の子と一生懸命な男の子の関係みたいで、すごく嬉《うれ》しかったわ。だから、その……」

照れ臭そうに体を揺らし、ほんの一瞬だけ俺を見つめると、再び三人に視線を戻して、

「ありがとう。ひまわり、コスモス、あすなろ」

そう言ったのであった。

「うん！　わたし、楽しみにまってるね、パンジーちゃん！」

「やったぁ！　サンちゃんとパンジーさんでお菓子作り！　二人で一緒にお菓子作りだぁ！」

「ふふっ！　これは、もしかしたらいい記事になるかもしれないですね！」

「そ、それじゃあ、私も行くわね。サンちゃんが美味《おい》しいお菓子を作れるように」

今度はパンジーが、照れくささを隠すように厨房《ちゅうぼう》へと向かっていき、残された三人もまたとびっきりの笑顔を浮かべているのであった。

一学期に俺達は全員、恋愛を巡《めぐ》って大きなトラブルを起こしてしまった。

そして、自分の想《おも》いが叶《かな》った奴《やつ》なんて一人もいない。

誰一人として、自分が一番欲しいものを手に入れることはできなかった。

人間関係なんて面倒だ。こんなに嫌な思いをするなら、もう築かないほうがいい。

そう思った経験は数えきれない。だけど、それでも……『親友』を手に入れた。

当たり前のようにいて、つい見落としがちになるけどさ、高校生活は恋愛だけじゃねぇよ。

だから、今はこれでいい。……いや、この関係が一番いいんだろうな。

…………………

……………

……

後日、たんぽぽに会うと、

「むふ！　こないだ大賀《おおが》先輩がクッキーを作ってきてくれたんです！　とても心配でしたが、食べてみたらビックリするぐらい美味《おい》しくて、みんなでモリモリ食べちゃいました！」

と、俺に嬉《うれ》しそうに報告してきたのであった。

どうやら、サンちゃんはちゃんとお菓子を渡せたみたいだな。

第六章

俺とお前の始まり

——十二月三十一日　二十二時十五分。

「うわ……。すげぇ人だな……」

俺——ジョーロこと如月雨露《きさらぎあまつゆ》の現在位置は、少し大きめの神社。

目的は、大晦日《おおみそか》らしく初詣。ただし、一人でやってきたわけではなく、

「とても疲れたわ」

隣には、不貞腐《ふてくさ》れた表情を浮かべる三色院菫子《さんしょくいんすみれこ》がいる。

格好は、昨日までの三つ編み眼鏡ではなく、本来の姿。

一般的には、地味と判断されそうなコートに身を包んでいるのだが、本来の菫子《すみれこ》が着ていると高級ブランドに見えてしまうのだから、不思議なものだ。

「やっぱ、人が多いな」

大晦日《おおみそか》ということもあって、俺達と同じ目的を持った人で溢《あふ》れ返《かえ》る神社。

そして、通りがかる人達がチラチラと俺達に……いや、菫子《すみれこ》に視線を注いでいる。

「まったく、信じられないわね……。私は人ごみが苦手なのに、こんなところに連れて来るなんて……。貴方《あなた》の脳からは、気遣いという言葉が消滅してしまっているのではないかしら？」

ご機嫌斜めのようで、毒舌を一発。

事前に、神社まではかなり歩くと伝えていたのだが、特に意味はなかったようだ。

「俺は、家でゆっくりと過ごしたいと言ったはずだが？」

「私は、貴方《あなた》と二人で初詣に行きたいと言ったわ」

「だとしたら、俺達が人ごみにいる原因を作ったのは誰だ？」

「誰がどう見ても、貴方《あなた》ね」

「誰がどう見ても、てめぇだろうが！」

ほんと、この女なんなの⁉　どうして、今の会話で俺が原因になるの⁉

十二月三十一日は、菫子《すみれこ》にとって別の意味でも特別な意味を持つ日だ。

誕生日。

だからこそ、俺は恋人として菫子《すみれこ》と二人で過ごす未来を選んだ。

できるかぎり、菫子《すみれこ》の我侭《わがまま》を叶《かな》えてやろう、多少理不尽なことを言われても我慢しよう。

そう決めて臨んだ、今日という日。

家にいる間は、中々に楽しかった。

幸いにして、菫子《すみれこ》と俺の母ちゃんは以前から仲が良《い》い。

菫子《すみれこ》に俺の家にやって来てもらい、少し（……いや、かなり）恥ずかしくはあったが、母ちゃんに菫子《すみれこ》と恋人になった旨《むね》を報告。

母ちゃんは大喜びをして菫子《すみれこ》を歓迎し、そこからしばらくの間は（どこぞの姉は、早々にどこかへと旅立っていったが）俺の家族と菫子《すみれこ》で平和に過ごしていた。

――が、二十一時三十分。菫子《すみれこ》が、唐突にこう言ったのだ。

『雨露《あまつゆ》君、初詣に行きたいわ』

内心では「めんどくさい」という感情が八割を占めていたが、大切な恋人の頼みだ。

何より、俺も菫子《すみれこ》と二人で過ごしたいという気持ちがあった。

なので、そう言われた時点で、菫子《すみれこ》の頼みを聞くつもりではあったが、少しだけ恥ずかしかったので、ハリボテの「俺は家でゆっくりと過ごしたい」という言葉を伝えた。

返答は、「じゃあ、行きましょ」。俺は菫子《すみれこ》と共に、我が家を出発した。

そして、無事に神社へと到着したわけなのだが……

「女の子をこんなに歩かせるなんて、本当に気遣いのできない人ね」

この女、文句たらたらである。

「俺、言ったよね⁉　うちから神社まで、かなり歩くぞって！」

「雨露《あまつゆ》君、私の『かなり』は五分までよ。まさか、三十分も歩くとは思わなかったわ。つまり、貴方《あなた》は自分の説明不足を悔いるべきだと思うの」

「てめぇの『かなり』の幅の狭さを悔いろや！」

「仕方ないわね。私はこれ以上歩きたくないし、雨露《あまつゆ》君におんぶでもして――」

「仕方がないやつだ。ほれ、可及的速やかに乗れ」

とりあえず、速攻で屈《かが》んだ。

菫子《すみれこ》は美人だ。美人であることに加えて、非常に豊満なバストを所持している。

つまり、おんぶという行為をすることによって、俺にとって素敵極まりない感触が背中に来ること間違いなし。このチャンス、逃さない手はない。

「……やっぱり、自分で歩くわ」

「遠慮するな。俺は説明不足の詫《わ》びをしなくてはならん。恋人を疲れさせるなど、愚の骨頂。おんぶをするしかない。さぁ！　さぁさぁさぁ！」

「邪《よこしま》な気持ちはないと思っていいのかしら？」

「うむ。邪《よこしま》な気持ちは一切ない。ただ、純粋におっぱいを堪能《たんのう》したい気持ちで行動している」

「自分で歩くわ。絶対に」

素直で純粋な気持ちを伝えたのに、ものすっご拒否られた。恋人関係って、難しい。

非常に残念な気持ちでいっぱいだが、ここは我慢しよう。

大丈夫、俺と菫子《すみれこ》は恋人同士だ。そういった行為をするチャンスはこの先いくらでも……

「ちなみに、雨露《あまつゆ》君がいかがわしい行為をした場合、貴方《あなた》のお母さん——ローリエさんに報告する準備は万端よ」

あるとは、言い切れないようだ。

くそ！　母ちゃんと菫子《すみれこ》の仲がそこまでよくなければ……っ！

「分かったよ。んじゃ、……ほら」

立ち上がり、俺は自分の右手を菫子《すみれこ》へと差し出した。

「ふふふ、とても嬉《うれ》しいわ」

俺の右手を、菫子《すみれこ》の左手が包み込む。俺達は二人で並んで歩き始めた。

「なぁ、パ……菫子《すみれこ》。一つ、聞いてもいいか？」

っと、危ない。つい、以前までの癖で『パンジー』と呼びそうになった。

もう、俺にとって菫子《すみれこ》は『パンジー』じゃないんだ。気をつけねぇとな。

「何かしら？」

僅かに強まる左手の力。

普段は思ったことをすぐに口に出すくせに、こういう時は行動で感情を示す。

こういうところが、可愛《かわい》いんだよな。

「なんで、この時間に来たんだ？　初詣をするなら、もう少し遅くてもいいだろ？」

「ジョ……雨露《あまつゆ》君、一つ答えてあげる」

俺は、少しだけ右手の力を強めた。

菫子《すみれこ》が上機嫌な笑みをこぼす。

「この時間に来たのはね、ちょっとした推測があったからよ」

「推測？」

「ええ。初詣を迎えるだけなら、もう少し遅くてもよかったわ。でも──」

「あ〜！　董子《すみれこ》ちゃんなの！　董子《すみれこ》ちゃんがいるのぉぉぉぉぉ!!」

「──という事態を想定して、早めに来たわ」

「なるほどな」

俺達の会話の間に挟まれる、潑溂《はつらつ》とした声。

声の主は叫び声と同時に、董子《すみれこ》に向かって全力突撃。そのまま思い切り抱き着いた。

現れたのは、董子《すみれこ》のクラスメートであるヒイラギこと元木智冬《もときちふゆ》だ。

「ヒイラギも来てたのね」

「うん！　私、来てたの！　董子《すみれこ》ちゃん、私、知らない人がこんなに沢山いるのに我慢して逃げなかったの！　とってもとっても頑張ったのぉ〜！」

「えらいわ、ヒイラギ」

「嬉《うれ》しいのぉ〜！」

頭を優しく撫《な》でられ、上機嫌な笑みを浮かべるヒイラギ。

董子《すみれこ》の推測とは、ヒイラギの登場……というわけではなく、予想外の出来事全般だろう。

大晦日《おおみそか》と誕生日。董子《すみれこ》にとって二つの特別な意味を持つ日に、俺と二人で出かける。

普通だったら、二人で平穏な日々を過ごせると考えるだろうが、俺達はそういう日に限って、何らかのハプニングに巻き込まれることが多々ある（ヒイラギとの出会いは、ハプニングというわけではないが）。だからこそ、何かしらのハプニングが発生したとしても対処できるよう、少し早めに神社にやってきたんだ。

「や。ジョーロとパンジーも来てたんだね」

ヒイラギと菫子《すみれこ》の様子を眺めていた俺に声をかけてきたのは、ツバキこと洋木茅春《ようきちはる》。

俺のクラスメート兼バイト先の店長……加えて、ヒイラギとは幼馴染《おさななじみ》という関係だ。

「ああ。あいつが、初詣に行きたいって言ってな」

何となく、友達の前で『菫子《すみれこ》』を『菫子《すみれこ》』と呼ぶのが恥ずかしくて、俺は濁した。

「そっか。じゃあ、僕と似たようなものだね」

「似たようなもの？　なら、ツバキは……」

「ん。ヒイラギの付き添いかな」

これは、少し驚いた。いくら初詣のためとはいえ、極度の人見知りのヒイラギがこれだけ人のいる場所に来ようとするなんて……。

「『自分がしっかりしてないと、大事な友達が困っている時に助けられないの！　だから、人見知りを治す特訓をツバキに手伝ってほしいの！』だってさ」

「そっか……」

ヒイラギが前向きに、自分の問題に立ち向かうというのは誰がどう考えてもいいことだ。

いいことなんだが……少しだけ、寂しいな。

「ごめんね、折角の二人の時間を邪魔しちゃって」

「いや、気にしないでくれ。あいつも、ヒイラギに会えて嬉《うれ》しそうだしさ」

「ジョーロは、ボクに会えて嬉《うれ》しくないのかな？」

「え⁉　いや、それは……」

「冗談かな」

大人びた笑みを浮かべて、ウインクを一つ。

ツバキがこういう冗談を言うのは珍しいから、つい慌ててしまった。

「まぁ……、その、嬉《うれ》しい、ぞ？」

「ふふふ。ありがと」

「雨露《あまつゆ》君、私は何やら不機嫌になってきたわ」

「うわっ！　てめぇは、いつの間にこっちに来たんだよ⁉」

ビックリした。菫子《すみれこ》の奴《やつ》、気配もなくそばにこないでくれよ。

てか、別にやましい話をしていたわけじゃねぇっての……。

「パンジー、誤解しないでほしいかな。ボクとジョーロは、お互いに会えて嬉《うれ》しいって話をしていただけかな」

ねぇ、ツバキ。それ、絶対にわざとだよね？

「ええ。まったく誤解せずに不機嫌になっているわ、ツバキ」

「いや、別に喜んだっていいじゃねぇか」

「雨露《あまつゆ》君、私は貴方《あなた》がツバキと会えて喜んでいることで、不機嫌にはなっていないわ」

どういうこっちゃねん。

「ジョーロ、菫子《すみれこ》ちゃんが怒ってるの！　早く元気にさせるの！」

「あのな、ヒイラギ。こいつのよく分からんところをいちいち気にしてたら――」

「さらに不機嫌になったわ」

意味不明過ぎて困る。

なんだ？　俺が他の女の子と話すだけで、菫子《すみれこ》は不機嫌になるシステムなのか？

「ジョーロ、これは君が悪いかな」

「はぁ!?　ツバキまでなんだよ？　俺は何も……」

「そうだね。ジョーロは何もしてない。ちゃんと名前で呼んでもいないかな」

「……あっ」

そこぉ!?　え？　そこで怒るの!?

いや、だってよ、ついこないだまで、俺は菫子《すみれこ》のことをみんなの前で『パンジー』って呼んでたんだぜ？　それが、いきなり変わってるところを聞かせるのは……

「………」

菫子《すみれこ》がプクッと頬を膨らませて、不満げな視線を送ってくる。

どうやら、ツバキの言っていた通り、俺が名前を呼ばないことにへそを曲げているらしい。

「あ～、えっと……、機嫌を直してもらえるか？　す、菫子《すみれこ》……」

「ええ。仕方がないから、そのお願いを聞いてあげるわ」

あっという間に上機嫌になり、魅力的な笑顔を浮かべる菫子《すみれこ》。

恋人だからこそ、菫子《すみれこ》を過大評価していると一瞬思ったが、周囲を通りかかった人も、ちらちらと菫子《すみれこ》のことを見ているから、恐らく過大評価ではないのだろう。

ついでに、上機嫌になった菫子《すみれこ》が俺の手を握りしめてきたので、何やら通りかかった男性からとげとげしい視線が俺に送られている気もするが、そこは気にしないでおこう。

「おっ！　ジョーロとパンジーじゃないか！　それに、ツバキとヒイラギも！」

と、そこで、聞き慣れた熱血ボイスが一つ。声の方向を向くと、そこには俺の親友であるサンちゃんと、他校の生徒である牡丹一華《ぼたんいちか》がいた。

「よう！　お前らも初詣か！」

「サンちゃん、来てたんだな」

言葉と同時に、菫子《すみれこ》と手を放す。

横から小さく「不機嫌になったわ」と聞こえてきたが、聞こえていないふりをした。

「おう！　折角の大晦日《おおみそか》だしな！　どうせなら、一華《いちか》と一緒に初詣をしたいと思ってさ！」

やだ、この人、イケメンなんですけど？

「……太陽《たいよう》さん！　あまり、そうハッキリ言うのは……」

「え？　迷惑だったか？」

「いえ、そんなことは全然！　その、私も同じ気持ちですし……」

顔を真っ赤にしながら、サンちゃんの言葉を肯定する牡丹《ぼたん》。

親友の俺は、ただただ驚愕《きょうがく》するばかりだ。まさか、こんなナチュラルに……

「雨露《あまつゆ》君も見習うべきよ」

「僕も同意見かな」

「サンちゃん、かっこいいの！」

うるさい。台詞《せりふ》や行動の前に、俺とサンちゃんのスペックを比較してみろ。

一人は、平凡な高校生。

もう一人は、甲子園準優勝ピッチャー、おまけで高身長のイケメンときてるんだぞ。

仮に俺が同じセリフを言ったとしても、同じ結果には絶対にならない。

「ははは！　お前らも、いつも通りで安心したよ！　てか、一華《いちか》ってみんなとは？」

「そうですね。お会いしたことはありますが、ゆっくりと話した機会と言うのはあまりないです。特に、如月雨露《きさらぎあまつゆ》さんとは。……あの、ジョーロさんとお呼びしても？」

「ああ。むしろ、そっちのほうが嬉《うれ》しいよ」

「分かりました。では、今日から貴方《あなた》のことを『ジョーロさん』と呼ばせていただきます」

前々から思っていたけど、牡丹《ぼたん》ってかなり真面目な性格をしてるよな。

サンちゃん相手だと取り乱していることは多いけど、俺と話すとなったらあっという間に冷静な態度になるし、とても同い年とは思えない。

「…………」

牡丹《ぼたん》が、無言のまま俺をジッと見つめている。

その後、顔の向きを菫子《すみれこ》へ。

「三色院《さんしょくいん》さん、質問をしていいでしょうか？」

「何かしら？」

「少しジョーロさんと二人で話したいことがあるのですが、お借りしても？」

「雨露《あまつゆ》君と？」

「はい」

へ？　牡丹《ぼたん》が俺と二人で話？

「構わないわよ。ただ、年越しまでお話をされると困ってしまうわ」

「もちろん、そんなつもりはありません。ほんの十分程度で終わる話ですから」

「分かったわ」

「ありがとうございます。では、ジョーロさん。少し来てもらえますか？」

「え？　俺は構わないけど、サンちゃんは……」

「大丈夫だ！　二人が話してる間は、俺が三人のそばにバッチリいるから安心しろよ！」

まぁ、サンちゃんがいいのならいいか。

「分かった」

こうして、俺は牡丹《ぼたん》と二人で移動をしたのであった。


「実は、ジョーロさんに教えていただきたいことがあります」

大勢の人ごみを縫って移動した、少し大きめの木の下で牡丹《ぼたん》が勢いよくそう言った。

「はい？　俺に？　まぁ、俺でできることなら……」

「大丈夫です。これは、ジョーロさんにしか答えられないことですから」

「お、おう」

「では……こほん」

上機嫌な咳払《せきばら》いを一つ。その後、凛《りん》とした眼差《まなざ》しを俺へと向けた。

「何を隠そう、私と太陽《たいよう》さんは恋人関係というものなのです」

君、隠してるつもりだったの？

「ほ、ほほう……」

「やはり、驚きますよね。その気持ちはよく分かります」

多分、何も分かってないよ。

「私も、私のような女が、あんな素敵な男性と恋人になれるとは思ってもみませんでした」

君も十分っていうか、大分美人だぞ。

俺と菫子《すみれこ》と比べたら、美男美女の理想のカップルにしか見えん。

こっちは、微男美女ですから。

「ですが、だからこそ不安でもあるのです……」

牡丹《ぼたん》が表情を曇らせて、言葉を漏らした。

「不安？　何がだ？」

「その、私と太陽《たいよう》さんは恋人関係にはなっているのですが、これといった進展がなく……」

「進展？」

「できたのは手が繋《つな》げただけ。そこから先にはまるで進めなくて……、やはり、私には魅力が足りないのではないかと不安なのです……」

それ、サンちゃんが奥手だからだよ。

普段は熱血イケイキャラだけど、素のサンちゃんはかなりの慎重派だから。

「なので、一歩前へと進みたいと思っています」

「なるほど。つまり、牡丹《ぼたん》はサンちゃんと――」

「はい。今日こそは、必ず腕を組んでみせます」

もうちょっと前に、進んでみませんかね？

「そこで、ジョーロさんに教えていただきたいのです。貴方《あなた》は、パンジーさんと恋人関係ですよね？　太陽《たいよう》さんから昨日無事に恋人になったと聞いたのですが」

「あ、ああ……。間違ってねぇよ」

面と向かって、真《ま》っ直《す》ぐに言われると恥ずかしいな。

「ですよね。しかも、まだ恋人になって一日しか経《た》っていないというのに、もう手まで繋《つな》いでいました。私は、二ヶ月もかかったというのに……」

実は恋人になる前にも繋《つな》いだ経験があると伝えたら、どうなってしまうのだろう？

「ちなみにですが、もしやお二人はさらにその先まで？」

「想像に任せる」

「つまり、もうペアルックでお出かけする準備まで整っている、と？」

この子の恋人基準がよく分からなくて困る。

言っておくが、俺はペアルックなんて恥ずかしい真似《まね》、絶対にやらねぇぞ。

「やはり、貴方《あなた》を頼った私は間違えていませんでしたね」

「いや、どっちかって言うと、同じ女の菫子《すみれこ》に聞いたほうがいいんじゃねぇか？」

「やれやれ……。ジョーロさんは何も分かっていませんね……」

いや、君よりは多分色々分かってる。

「あんな綺麗《きれい》な女性と、私が同じことができるわけがないじゃないですか。私に必要とされるのは、凡人の知識です」

天然か？　天然で俺をディスってきてるのか？

「さらに、ジョーロさんは太陽《たいよう》さんの親友。太陽《たいよう》さん自身も『ジョーロは、俺のことを本当によく分かってくれる！』と幸せそうに語っていました。あんな笑顔、私には引き出せたことがありません……」

誤解が生まれそうな言い回しはできればやめてほしいです。

けど、サンちゃんに詳しいかと聞かれたら、即座に首を縦に振る俺もいるわけだし……あながち、全部が全部間違いとも言えねぇんだよなぁ。

「ですから、お願いします。私に、太陽《たいよう》さんのことを教えて下さい」

丁寧に深々とお辞儀をする牡丹《ぼたん》。

二人の関係が進展しない理由は、牡丹《ぼたん》だけにあるわけじゃない。

むしろ、サンちゃんのほうが原因の大半を占めているだろう。

ああ見えて、サンちゃんはかなりの奥手で、ついでに言うとビビりだ。

牡丹《ぼたん》に拒絶されるのが怖くて、現状維持に甘んじている可能性が大。

二人には二人の都合があるから、俺が介入しすぎるのもどうかと思うが……

「分かった。俺でよければ、協力するよ」

サンちゃんには、昨日までにでかい借りができてるからな。

それを少しくらいは、返させてもらおうじゃねぇか。

「ありがとうございます」

それまでのどこか人間味のない淡泊な表情から、年相応の可愛《かわい》らしい笑顔。

サンちゃんはこの笑顔にやられたんだろうなと、何となく納得してしまった。

※

「太陽《たいよう》さんが奥手？　本当ですか？」

「ああ。サンちゃんは、ああ見えてかなり遠慮するタイプだし、臆病な一面がある」

「言われてみれば、そうかもしれません。太陽《たいよう》さんは、試合でも勝負所で一度ボール球を投げる傾向がありましたし……」

そうなんだよな。サンちゃんはすごいピッチャーであることは間違いない。

だけど、メンタル面ではいくつか課題を残しているんだ。

「だろ？　だから、牡丹《ぼたん》は遠慮しないで、自分のやりたいことをガンガンやっていいと思うぞ。サンちゃんもそっちのほうが喜ぶだろうしな」

「分かりました。私なりに、やれることに挑戦してみようと思います」

淡泊な表情のまま、小さくガッツポーズ。

その所作が、少しだけ菫子《すみれこ》と似ていてドキッとしてしまった。少しだけ罪悪感。

「じゃあ、そろそろ戻るか。結構長いこと話しちゃったしな」

「そうですね。十分の予定が十七分も話してしまいました。謝罪しなくてはなりません」

この子、細かいところまで気にするタイプだな。


「おっ！　戻ってきたか！」

「おかえりなさい、雨露《あまつゆ》君、一華《いちか》」

俺達が戻ると、そこにヒイラギとツバキの姿はなく、いたのはサンちゃんと菫子《すみれこ》だけ。

えっと、ツバキたちはどこに……

「ヒイラギが、『もう十分練習はしたから、あとはおこたでヌクヌクするの！』と二人は帰ってしまったわ」

なるほど。人見知り改善の努力はしているが、限界はあったのか。

「そっか。じゃあ、俺達は……」

「ジョーロさん、パンジーさん。ここからは、私達も別行動をしましょう」

「へ？」

「お互い、友人とではなく、恋人と過ごしたい時もあるでしょう？」

「あ……。まぁ、そうか。……分かった。じゃあ、サンちゃん……」

「おう！　次に会うのは、来年だな！」

笑顔でサムズアップ。

俺と牡丹《ぼたん》が何を話していたか知らないからか、普段の余裕のある態度が目立つ。

「では、太陽《たいよう》さん。行きましょう」

「え⁉　えぇぇぇ⁉」

が、その余裕は牡丹《ぼたん》の行動によって瓦解《がかい》。

まるで、そうなることが決まっていたかのような自然な動きで、牡丹《ぼたん》がサンちゃんの腕に自分の腕を絡《から》ませた。

「お、おい、一華《いちか》……」

「私がしたいので、そうさせてもらいました。迷惑でしょうか？」

「いや、迷惑じゃないけど……」

顔を真っ赤にして、うろたえるサンちゃん。

何となくだけど、親友の新たな一面を見られたような気がして、嬉《うれ》しかった。

「では、行きましょう。ジョーロさん、ありがとうございました」

「ああ。牡丹《ぼたん》も頑張れよ」

まだ状況が理解しきれず混乱するサンちゃんは、どこか満足気な牡丹《ぼたん》と共に去っていった。

さて、それじゃあ……

「んじゃ、俺達も行くか？」

俺もさり気なく腕を差し出して、菫子《すみれこ》へそう告げた。

「あら？　珍しいこともあるのね」

「大晦日《おおみそか》だからな」

牡丹《ぼたん》に対して言った積極性。あれは、なにもサンちゃんだけに適用されるわけじゃない。

今までが今までだったからか、俺も菫子《すみれこ》に対して比較的遠慮する傾向があった。

だけど、今は恋人同士なんだ。俺も、ちゃんと頑張らないとダメだよな。

「ふふふ。とても嬉《うれ》しいわ」


それから、俺と菫子《すみれこ》は二人で腕を組んで人ごみを進んでいった。

普通に歩けば、五分程度で辿《たど》り着《つ》く除夜の鐘のある場所までも、この人ごみだと話は別。

中々、前に進めない。

「なんだか、今までの私達みたいね」

「どういうことだ？」

「色々と沢山の気持ちが詰め込まれて、中々前に進めない。だから、少しずつ……少しずつ前に進んでいく」

「言われてみれば、そうかもな」

様々な想《おも》いが絡《から》み合《あ》って、前に進めなくなった歪《いびつ》な関係。

だから、一つずつ、一つずつその歪《ゆが》みを戻していって、ようやく前に進めたんだ。

「サンちゃんと一華《いちか》があんな関係になるなんて、思いもよらなかったわ」

「そうだな。俺も驚いたよ」

だけど、それはサンちゃんだけじゃない。西木蔦《にしきづた》高校のみんなと今みたいな関係になるなんて、四月当初はまるで想像がつかなかった。

「ただ、まぁ……ここからも変えていかなくちゃならねぇけどな」

「そうね……。ついさっきも、自分の矮小《わいしょう》さを思い知らされたわ」

菫子《すみれこ》が、表情を曇らせる。

「矮小《わいしょう》さ?」

「会えたのが、ツバキとヒイラギでホッとしてしまったもの……」

そういうことか……。俺達は、ただ恋人同士になったわけじゃない。

この関係に至るまでに、沢山の人達に迷惑をかけ、傷つけて、この関係に至った。

だからこそ、それまでに傷つけてしまった自分の大切な人達に会うのが怖い。

俺ですら、そういう気持ちはあるんだ。

きっと、菫子《すみれこ》は俺以上に強い感情を抱いているだろう。

「菫子《すみれこ》が困ってたら、助けてやる。……約束だからな」

一学期に菫子《すみれこ》と大喧嘩《おおげんか》をした時、俺はこいつと約束した。

困ってたら、助ける。

シンプルで陳腐な約束だ。だけど、俺はそれを必ず守ると決めている。

「ありがとう。……雨露《あまつゆ》君」

「別にいいよ。てか、そこまで心配する必要もないと思うけどな」

「え？」

「だって、そうだろ？　昨日まで、あいつらは全員菫子《すみれこ》の味方になってくれたじゃないか。おかげで、俺がどれだけ苦労したか……」

冬休み、最後の難題『菫子《すみれこ》を探せ』。

昨日までになんとしてでも、俺は菫子《すみれこ》を見つけなきゃならなかったってのに、あいつらは揃《そろ》いも揃《そろ》って菫子《すみれこ》の居場所を伝えず、隠し通そうとした。最終的には、無事に発見できたからよかったものの、できなかったらどうなっていたことやら……。

「ふふふ。そうね……。そうだったわ」

「だから、自信を持て。むしろ、俺が心配なのは今まさにこの瞬間だ」

「どういうことかしら？」

「いや、なんていうか、何か予想外のトラブルが起きるような気がしてな……」

「その点なら、大丈夫よ。さっき、雨露《あまつゆ》君と一華《いちか》を待っている間にベンチに座って確認したけど、『これは、あくまでもおまけだから何も起きないんち。パンジーとジョーロは、二人でゆっくり過ごせるんち』とお話を聞いているもの」

ごめん、ちょっと何言ってるか、分からない。だけど、追及はしない。

なぜなら、俺にとってトラウマ過ぎるワードが混ざっていたから。

「『でも、三学期からはまたよろしくんち』だそうよ」

「誰に対して言っているか分からないが、聞かなかったことにしておく」

なぜ、折角の大晦日《おおみそか》にこんな不吉な言葉を聞かなくてはならないのか？

「とりあえず、さっさと行くぞ。俺は結構疲れてきた」

「さっさと行こうにも、前にはなかなか進めないわ」

「なら、いつも通りだな」

——二十三時五十分。

人ごみが原因で、中々進めなかった俺達だが、目的地に無事に到着。

が、大変なのはそこから先だった。目的地である除夜の鐘の周囲には、これまで以上に大勢の人達がいて、中々立ち位置が定まらない。

歩くよりも、むしろ立ち続けているほうが辛《つら》かった。

「初詣って、こんなに大変だったのね」

どうやら、俺と同じ考えを菫子《すみれこ》も持っていたようで、淡々とした表情ながらも、少しだけ辛《つら》さが垣間見《かいまみ》える。そういえば、昨日もこいつはずっと立ちっぱなしだったんだよな。

球場にたった一人で、来るかどうかも分からない俺を待ち続けて……。

「それに、思った以上に寒いわ」

腕から伝わる、菫子《すみれこ》の震え。俺も菫子《すみれこ》も防寒対策はそれなりにして、ここにやってきているが、それでもやはり寒いものは寒い。

何とか暖を取れればいいのだが……あ、そうだ。

「…………」

「雨露《あまつゆ》君、どうしたの？」

突然、無言になった俺を、菫子《すみれこ》は首を傾《かし》げて見つめている。

一つだけ、暖を取る手段を思いついた。目論見《もくろみ》がうまくいけば、菫子《すみれこ》は暖を取れる。

だが、失敗したら最悪だ。今とは比べ物にならないほどの極寒が訪れ、それはそれは寂しい年越しを迎えることになるだろう。

さて、どうする？　いや、ここは覚悟を決めて――

「ねね！　あすなろちゃん、もっとそばいこ！　鐘の音がゴーンってなるの、わたし、近くでちゃんと聞きたい！」

「いいですよ。ただ、周りの人に迷惑をかけないようにして下さいね。今日くらいは、トラブルなく過ごしたいですから」

「あ！　ひまわりさん、あすなろさん、二人で行くなんてずるいぞ！　私も！　私も一緒に行くから！」

「あ〜！　サザンカちゃんがいるのぉ〜！　やっぱり、戻ってきて大正解だったのぉ〜！」

「なっ！　ヒ、ヒイラギ！　あんたも来て……って、だぁぁぁぁ！　いきなり、抱き着かないでよ！　転んだら、危ないでしょ！」

「ふぅ……。これで、ボクもちょっと休憩できるかな。でも、来年もきっと色んな面白いことが起きるんだろうな。……ふふふ」

「むっふー！　人が多くて何も見えません！　いったい、どうしたら……あっ！　閃《ひらめ》きました！　特正《とくしょう》先輩、肩車して下さい！　むふふ！」

「お、俺が肩車だと⁉　き、貴様……命が惜しくないと見えるな？」

「つきみちゃん、何だか嫌な予感がするから、ちょっとここから移動を……ふぼぉ！」

「痛いっしょぉ〜！　人が多くて躓《つまず》いて転んじゃったっしょ……って、あれ？　つきみっちじゃん！　つきみっちも来てたんだ！　なら、もしかしてホースっちも……しょぉぉぉ⁉」

「ホース、下敷き。ぺっちゃんこ」

「はぁ……。チェリー先輩は、相変わらず恐ろしいまでにドジね……。まったく、折角の誕生日に、どうして妙なトラブルが発生するのかしら……」

「でも、私はビオラと一緒で嬉《うれ》しい。来年も一緒に来ようね」

「ふふふ……。私も同意見よ、リリス」

「何やら騒がしい声が聞こえるのですが、太陽《たいよう》さんのご友人では？」

「そうみたいだな！　まったく、あいつらは本当にいつも変わらないな！」

どこかから、聞き慣れた声が響いてくる。

おいおい、まさかの全員集合かよ。

しかも、帰るって言っていたはずのヒイラギとツバキもいるし。

「みんなも来ていたのね。それなら……あら？」

声のほうへと向かおうとした菫子《すみれこ》の腕を、俺は強く握りしめた。

突然の行動に意味が分からないようで、菫子《すみれこ》は首を傾《かし》げている。

「どうしたの、雨露《あまつゆ》君？」

状況は、中々によろしくない。

俺が菫子《すみれこ》に暖を取らせるために思いついた作戦は、失敗すると大恥をかくんだ。

加えて、知り合いに見られたりしたら、それこそ最悪中の最悪。

だが、どれだけ最悪中の最悪であろうと、失敗したら大恥をかくことになろうと、

「大好きだよ、菫子《すみれこ》」


やると決めたらやる。それが、俺のモットーだ。

「…………っ！　あ、貴方《あなた》は何を言っているのかしら？」

俺の言葉を聞いた直後、菫子《すみれこ》は誰が見ても分かるくらいに顔を真っ赤にした。

内心ではヒヤヒヤものだったが、どうやらうまくいったようだ。

「寒いって言ってたからな。暖を取れる手段を実行してみた」

「だからと言って、時と場所を考えてほしいわ。ここには、沢山の人が……」

「あんまそういうのは気にしないようにしているんだ。まだ寒いか？」

「…………寒くないわ」

俺にだけ聞こえる程度の、か細い声で菫子《すみれこ》がそう言った。

普段は攻められっぱなしの俺だが、たまには攻守逆転。

うろたえている菫子《すみれこ》というのも、見ていて面白いものだ。

「んじゃ、次はそっちの番な」

「どういう意味かしら？」

「俺も寒い」

「……っ！」

菫子《すみれこ》の顔が、更に赤く染まった。

「ここには沢山の人がいるわ。それに、もしかしたらみんなに見られる可能性も……」

「大丈夫だ。みんな、俺達に気づいてねぇよ」

「根拠がないわ」

「はぁ……。寒いわぁ〜、めっちゃ寒いわぁ〜。俺は、菫子《すみれこ》のために頑張ったのに、菫子《すみれこ》は俺のために頑張らないのかぁ〜。体も心も極寒だわぁ〜」

「やっぱり、貴方《あなた》はいじわるね」

「そうだよ。知ってるだろ？」

俺の性格が捻《ひね》くれてることなんて、俺自身が一番よく分かっている。

大体、それを言うなら菫子《すみれこ》だってそうだ。

傍若無人《ぼうじゃくぶじん》で捻《ひね》くれてて、なのに本当に自分がやりたいことはずっと我慢して……。

「早く何とかしてほしいなぁ〜」

だからこそ、誰よりも愛《いと》おしい存在になった。

「…………」

沈黙の十秒間。

だけど、それから意を決した瞳で俺を見つめると、

「目を閉じておいてほしいわ」

真っ赤な顔で、そう告げた。

指示通り、俺は静かに目を閉じる。

タイミングよく鳴り響く、除夜の鐘。俺達の一年は、終わりを告げた。

「あったかい」

そして、また新しい一年が始まる。

あとがき

ここまで付き合ってくれた読者の皆様、誠にありがとうございます。

この十七巻をもちまして、『俺を好きなのはお前だけかよ』は完結となります。

完結となります……多分。うん、多分ですね……。

決め打ちで言っちゃうと、あとで実は〜ってなった時に「てへ」って言わざるを得ない状況になってしまうので、「多分」という曖昧な言葉をつけさせていただきます。

以前にも「次で終わりです」と言っておきながら、次の次を出している前科者ですから。

失敗をしてもいい。だけど、その失敗を繰り返さない努力をする。大切なことです。

しかし、その失敗のおかげでできることもあります。前回、多くの方に感謝を伝えた私ですが、キリがなくてストップした感謝の再始動ができちゃいます。

ツバキをやってくれた東山《とうやま》さん、ホースをやってくれた福山《ふくやま》さん、チェリーをやってくれた種田《たねだ》さん、つきみをやってくれた小原《こはら》さん、芝をやってくれた逢坂《おおさか》さん、ローリエをやってくれた田村《たむら》さん、カリスマ群B子さんをやってくれた久保田《くぼた》さん、カリスマ群C子をやってくれた遠野《とおの》さん、カリスマ群D子さんをやってくれた武田《たけだ》さん、カリスマ群E子さんをやってくれた風間《かざま》さん、綾小路《あやのこうじ》颯斗《はやと》をやってくれた神木《かみき》さん、おばちゃんをやってくれた秋保《あきほ》さん、何か色々やってくれた兼政《かねまさ》さん。皆さん、誠にありがとうございました！

もしもうっかり誰かを忘れていた場合は、アレですね。なんかもう、すんません！

本当に俺好きのアニメ化は、楽しかったです。みんなで一丸となって、全力でふざけたり、真面目なことを話したりして創り上げることができた素晴らしい経験になりました。

コントロールルームで、指摘をしたり煎餅を食べたりしたのは本当にいい思い出です。

もし、またいつか機会があったら、是非とも同じメンバーでアニメをやりたいですね。

8巻の映画化とかありだと思うんですよ。主人公《ジョーロ》、出番少ないですけど。

ただ、それが叶《かな》わずともまた新しい作品で、是非とも皆様とはご一緒できればなと！

では、最後に恒例の謝辞を。

最後（？）まで付き合ってくれた読者の皆様、誠にありがとうございます。これが、多分、うん、本当に多分最終巻です。多分ね、ほんと多分。

ブリキ様、素敵なイラストをありがとうございます。そして、これからもよろしくお願いします。『シャインポスト』も一緒に盛り上げていきましょう！

担当編集の皆様、最後まで私の面倒を見てくれてありがとうございます。これからも、色々とご迷惑をおかけいたしますが、なんかこう、お願いします！

俺が好きなのは、みんなだよ。

駱駝《らくだ》

◉駱駝著作リスト

「俺を好きなのはお前だけかよ①〜⑰」（電撃文庫）
「シャインポスト
ねえ知ってた？　私を絶対アイドルにするための、ごく普通で当たり前な、とびっきりの魔法」（同）

本書に対するご意見、ご感想をお寄せください。

ファンレターあて先
〒102-8177　東京都千代田区富士見2-13-3
電撃文庫編集部
「駱駝先生」係
「ブリキ先生」係

初出

「第一章　僕と俺の去年の地区大会決勝戦」／Blu-ray&DVD『俺を好きなのはお前だけかよ①(完全生産限定版)』特典小説(2019年12月)
「第二章　俺は生徒会長と戦ってみる」／Blu-ray&DVD『俺を好きなのはお前だけかよ③(完全生産限定版)』特典小説(2020年2月)
「第三章　俺は絶対に食べない」／Blu-ray&DVD『俺を好きなのはお前だけかよ⑤(完全生産限定版)』特典小説(2020年5月)
「第四章　俺は手伝いたくない」／Blu-ray&DVD『俺を好きなのはお前だけかよ⑥(完全生産限定版)』特典小説(2020年6月)
「第五章　俺達が手に入れたもの」／Blu-ray&DVD『OVA 俺を好きなのはお前だけかよ～俺たちのゲームセット～(完全生産限定版)』特典小説(2020年9月)

文庫収録にあたり、加筆、訂正しています。

「第六章　俺とお前の始まり」は書き下ろしです。

電撃文庫

俺《おれ》を好《す》きなのはお前《まえ》だけかよ⑰

駱駝《らくだ》

2022年1月10日　初版発行

発行者　青柳昌行
発行　株式会社KADOKAWA
〒102-8177　東京都千代田区富士見2-13-3
0570-002-301（ナビダイヤル）
装丁者　荻窪裕司（META＋MANIERA）
印刷　株式会社暁印刷
製本　株式会社暁印刷

ISBN978-4-04-913904-4　C0193　Printed in Japan

電撃文庫　https://dengekibunko.jp/

電撃文庫創刊に際して

文庫は、我が国にとどまらず、世界の書籍の流れのなかで〝小さな巨人〟としての地位を築いてきた。古今東西の名著を、廉価で手に入りやすい形で提供してきたからこそ、人は文庫を自分の師として、また青春の想い出として、語りついできたのである。

その源を、文化的にはドイツのレクラム文庫に求めるにせよ、規模の上でイギリスのペンギンブックスに求めるにせよ、いま文庫は知識人の層の多様化に従って、ますますその意義を大きくしていると言ってよい。

文庫出版の意味するものは、激動の現代のみならず将来にわたって、大きくなることはあっても、小さくなることはないだろう。

「電撃文庫」は、そのように多様化した対象に応え、歴史に耐えうる作品を収録するのはもちろん、新しい世紀を迎えるにあたって、既成の枠をこえる新鮮で強烈なアイ・オープナーたりたい。

その特異さ故に、この存在は、かつて文庫がはじめて出版世界に登場したときと、同じ戸惑いを読書人に与えるかもしれない。

しかし、〈Changing Times,Changing Publishing〉時代は変わって、出版も変わる。時を重ねるなかで、精神の糧として、心の一隅を占めるものとして、次なる文化の担い手の若者たちに確かな評価を得られると信じて、ここに「電撃文庫」を出版する。

1993年6月10日
角川歴彦